Sacher-Masoch

Unsere Sklaven - ein soziales Schauspiel in 5 Akten

Sacher-Masoch

Unsere Sklaven - ein soziales Schauspiel in 5 Akten

ISBN/EAN: 9783743647510

Hergestellt in Europa, USA, Kanada, Australien, Japan

Cover: Foto ©Andreas Hilbeck / pixelio.de

Weitere Bücher finden Sie auf **www.hansebooks.com**

Unsere Sclaven.

Ein sociales Schauspiel in 5 Acten

von

Sacher Masoch.

(Nach der Einrichtung des Verfassers für das Residenztheater in Berlin.)

Personen.

Faustina, Baronin Löwenberg.
Graf Kollzoff.
Salomon, Banquier, Deputirter.
Judith, seine Tochter.
Haase, Advocat, Deputirter.
Janni, seine Frau.
Margarethe, seine Schwester.
Horn, Redacteur des »Fortschritt«.
Pfotenhauer, Fabrikant, Deputirter.

Hannibal von Mollwitz.
Bernard, Arzt.
Madeleine, Opernsängerin.
Paul Urban.
Anna, Kammerfrau der Baronin.
Ein Setzerjunge.
Dienerschaft.

Das Stück spielt in einer deutschen Residenz

I. Act.

(Großer Salon bei Faustina, volle Bühne. Die Mittelwand mit Gemälden, großen Spiegeln, Blumen bedeckt. Rechts (rechts und links vom Zuseher aus) im Hintergrunde ein Clavier, auf demselben Noten, Zeitungen, vor demselben zwei kleine Fauteuils mit dem Rücken gegen das Publicum, links im Hintergrunde eine Gruppe kleiner Fauteuils um einen Tisch mit Prachtwerken und Albums. Rechts in der ersten Coulisse ein Fenster, in der zweiten

1

eine Thür, rechts vorne ein Sopha mit Fauteuils, in der Mitte vorne ein Divan, vor
demselben ein Fußschämel, links in der zweiten
Coulisse eine Thür, links vorne ein runder Tisch,
auf dem Zeitungen liegen, von kleinen Fauteuils umgeben.)

1. Scene.

Paul (ein junger Mann mit ausdrucks-
vollen Zügen, schlichtem Haare, ohne Bart,
einfach aber elegant gekleidet, sitzt an dem
Tische links und liest in einer Zeitung).

Horn (intelligenter Kopf mit schütterem
Haare, Backenbart, Zwicker, dunkel gekleidet,
den Hut in der Hand, im Hintergrunde rasch
auf und ab).

Anna (weißes Haar, dunkles Seidenkleid,
aus der Thüre rechts).

Horn. Nun, ist der Artikel fertig?

Anna. In wenig Minuten.

Horn (sieht auf die Uhr). Uebermorgen
beginnt die Debatte über die Civilehe in
der Kammer. Wir müssen den Artikel
morgen bringen. Sagen Sie der Baronin,
der erste Theil kömmt gleich zur Correctur,
wir werden Aufsehen damit erregen, aber
nur um Gotteswillen den Schluß. Zehn
Setzer warten, was sage ich, zwanzig
Setzer ringen die Hände und brüllen im
Chore: Manuscript! Manuscript!

Anna. Die Frau Baronin wird es
direct in die Druckerei senden.

Horn. Nein, ich warte.

Anna. Wozu? es sind ja nicht 200
Schritte, in einer Viertelstunde ist es in
Ihren Händen.

Horn (zeigt ihr die Uhr). In einer
Viertelstunde haben Sie gesagt. Bon jour!
(Ab links.)

2. Scene.

Vorige ohne Horn.

Anna (sich Paul nähernd). Und Sie,
mein Herr?

Paul. Ich? — Ja so. Ich wünsche
die Baronin zu sprechen.

Anna. Die Frau Baronin ist eben mit
einem Artikel über die Civilehe beschäf-
tigt, welcher an der Spitze der morgigen
Nummer des »Fortschritts« erscheinen soll.
Sie müssen sich schon gedulden. Darf ich
Sie in irgend einer Weise ankündigen?

Paul. Mein Name ist Paul Urban.
Ich bin Landwirth. Ich habe in der Zeitung eine Annonce gelesen, die originell
genug war. Sie lautete im Lapidar-
style: »Ein Mann wird gesucht.« Das
reizte mich, das zog mich an. Ich erfuhr
im Comptoir, daß es sich um die Stelle
eines Secretärs bei der Frau Baronin
Löwenberg, einem weiblichen Sonderling,
handle, die für diese Stelle keine gewöhn-
liche Bedientenseele, auch keine Kanzlei-
maschine, sondern einen vollen Mann
suche. Da ich mich nun im Ganzen genommen für einen Mann halte, so bin ich
da, um der Baronin meine Fähigkeiten
und Kenntnisse anzubieten.

Anna. Sehr wohl.

3. Scene.

Vorige. Graf.

Graf (von L., mit vornehmer Eleganz gekleidet, kurzes Haar, bis auf den langen sar-
matischen Schnurbart glatt rasirt, Diamanten, in der Hand ein Bouquet aus weißen Ca-
melien und Veilchen).

Anna. Herr Graf, die Frau Baronin —

Graf. Schreibt einen Artikel, wir
wissen das. (Er gibt Anna das Bouquet.)
Diese Veilchen für die stolze Löwin der Residenz von ihrem Sclaven Kollzoff. In einer
halben Stunde holen wir unsere Herrin
zur Schlittage ab. (Er setzt den Hut auf.)

Anna (rechts ab mit dem Bouquet).

4. Scene.

Vorige ohne Anna.

Graf (lorgnettirt Paul, nimmt den Hut
ab und nähert sich ihm, sehr rasch). Ah! gewiß der geniale Maler, der die Baronin

Fauſtina malen will. Es freut mich, Ihre Bekanntſchaft zu machen, ich bin der Graf Kollzoff, Alexander Petrowitſch Kollzoff.

Paul. Mein Name iſt Paul Urban, ich bin —

Graf (unterbrechend). Verzeihen Sie, Sie haben ſich da einen brillanten Vorwurf gewählt, Fauſtina iſt eine Schönheit erſten Ranges, ſie iſt aber auch eine Frau von freiem Geiſte, ſeltſamen Charakter, ein Drittel Madame Roland, ein Drittel Jeanne d'Arc, ein Drittel George Sand.

Paul (will reden).

Graf (faßt ſeinen Arm). Pardon. Sie ſetzt mit ihrem Araber über jede Barriere, ſie ſchreibt Artikel für die Journale, ſie ſoufflirt den Deputirten der Oppoſition ihre Kammerreden, eine Emancipirte, bei uns in Rußland würde man ſie eine Nihiliſtin nennen.

Paul. Aber Herr Graf —

Graf (ſehr raſch). Pardon. Das muß Alles in das Bild hinein gemalt werden. Voilà, die Aufgabe für Ihren Pinſel.

Paul. Vergeben Sie, ich bin nicht der Porträtmaler —

Graf (raſch unterbrechend). Nicht? Aber ein Künſtler, das ſehe ich Ihnen an. (Lorgnettirt ihn.) O! leugnen Sie es nicht, ich liebe die Künſtler ſehr.

Paul. Vergeben Sie, ich bin ein Land —

Graf (ſehr raſch einfallend). Landſchaftsmaler? Oh! tant mieux, Landſchaft iſt meine Schwärmerei, die Baronin malt auch Landſchaft, es iſt ein Weib voll Talent, ein extravagantes Weib, ich hoffe Sie wieder zu treffen, junger Maler —

Paul. Aber Herr Graf —

Graf. Mais je vous aime, mon petit artiste, au revoir, au revoir! (Ab links.)

Paul (verneigt ſich).

Anna (von rechts).

5. Scene.

Paul. Anna.

Anna. Die Baronin wird ſogleich hier ſein.

Paul. Ich bitte Sie vorher um ein paar Worte über den Charakter derſelben. Man ſpricht in der Reſidenz ſo viel —

Anna. Man hat Ihnen Schlechtes von meiner Frau geſagt.

Paul. Nur Seltſames, Ungewöhnliches.

Anna. Nun freilich eine Witwe, eine Amazone, jung, ſchön, reich, geiſtvoll, da gibt es genug zu reden; aber ſie iſt vor Allem eine brave Frau, glauben Sie mir, die ſie ſeit der Wiege kennt; ein Charakter wie Eiſen.

6. Scene.

Vorige. Setzerjunge.

Setzerj. (kömmt von links gerannt). Herr Redacteur Horn bittet um Manuſcript, die Druckerei wartet, die Viertelſtunde ſei um, läßt er ſagen.

Anna. Im Augenblick. (Leiſe zu Paul). Das Eine nur —

Paul. Sie läßt ſich den Hof machen, das finde ich ſehr natürlich.

Anna (leiſe lachend). Ja, ſie ſagt, „ich will meinen Sclaven haben wie die Anderen.“

Paul. Ei ſieh! die kleine Thrannin! für ſich die Freiheit und für uns die Ketten.

Anna. Roſenketten!

Paul. Ketten bleiben Ketten!

Anna. Die Baronin!

7. Scene.

Vorige. Fauſtina.

Fauſt. (von rechts, ſie trägt ein Sammtkleid mit kleiner Schleppe, über demſelben einen anſchließenden Sammtpaletot mit Zobelpelz beſetzt, eine ruſſiſche Mütze von Zobelpelz, eine Reitpeitſche unter dem Arm. Sie raucht eine Cigarrette und kömmt langſam, in ihr Manuſcript vertieft, bis in die Mitte). Anna!

Anna. Befehlen!

1 *

Fauſt. Das Manuſcript ſofort in die Druckerei. (Sie erblickt den Setzerjungen.) Ah, da iſt ſchon die heilige Vehme. (Gibt ihm das Manuſcript.) Eilen Sie, die empörten Geiſter der Redaction, die Gemüther der Druckerei zu beruhigen. Ich erwarte die Correctur.

Setzerj. Zu Befehl. (Ab nach rechts.)

Fauſt. Iſt mein Pferd geſattelt?

Anna. Ja, Frau Baronin. (Ab links.)

8. Scene.

Fauſtina. Paul.

Fauſt. Entſchuldigen Sie, mein Herr. (Sie weiſt Paul einen Fauteuil rechts von dem Tiſche vorne an und ſetzt ſich ſelbſt links von demſelben, Paul firirend, bei Seite.) Ein intereſſanter Kopf.

Paul (bei Seite). Das Weib hat Race.

Fauſt. Ihr Name?

Paul. Paul Urban. (Er ſetzt ſich rechts.)

Fauſt. Sie bewerben ſich um die Stelle eines Secretärs bei mir?

Paul. Vergeben Sie, Frau Baronin, ich bewerbe mich nicht.

Fauſt. Was führt Sie alſo zu mir?

Paul. Eine ſeltſame Annonce.

Fauſt. (lächelnd). »Ein Mann wird geſucht.«

Paul. Allerdings.

Fauſt. Ein Scherz.

Paul. Ich habe ihn ernſt genommen.

Fauſt. (lächelnd). Und Sie ſind der Mann, den ich ſuche?

Paul. Nicht mehr und nicht weniger. Ich ſtelle mich Ihnen vor, damit Sie ſehen, ob ich Ihnen entſpreche, ob ich für die Stelle paſſe und damit ich ſehe, ob mir die Stelle paßt und ob Sie mir entſprechen. (Er verneigt ſich gegen Fauſtina.)

Fauſt. (bei Seite). Er iſt mindeſtens ſehr originell. (Zu Paul.) Laſſen Sie mich alſo ſagen, was ich ſuche. Ich bin Witwe, wie Sie ſehen, noch etwas jung und unerfahren. Man nennt mich die Löwin der Reſidenz;

wäre ich nichts weiter, ſo wäre der moderne Ekel am Leben wohl längſt auch über mich gekommen. Meine Seele iſt aber heiter und muthig, weil ich thätig, weil ich regſam bin. Ich male, ich leſe, ich ſtudire, ich ſchreibe Novellen und Zeitungsartikel, ich kämpfe für die Befreiung des Weibes. Sie lächeln. — Ich fühle es ſelbſt, daß ich mich dabei zerſplittere, ich ſuche eine unmittelbare, eine practiſche Thätigkeit, was läge mir näher, als meine Beſitzungen ſelbſt zu verwalten?

Paul. Vortrefflich, aber wozu brauchen Sie dann --?

Fauſt. (einfallend). Einen Mann? weil ich ſelbſt bis jetzt herzlich wenig davon verſtehe. Ich ſuche einen Mann, der nicht bloß mein erſter Miniſter iſt und mir Alles einfach zur Sanction vorlegt, ſondern gleichſam mit mir regiert, einen Mann, der zugleich über das Buch, das ich leſe, das Bild, das ich male, den Artikel, den ich ſchreibe, ein Urtheil abgeben kann, kurz einen Mann, der den Muth hat mich zu kritiſiren, mich zurechtzuweiſen, mir entgegenzutreten; einen Mann, von dem ich täglich etwas Neues lernen kann.

Paul (lächelt). Sie brauchen mit einem Worte einen Mann. Warum heiraten Sie nicht?

Fauſt. (feſt). Wenn ich einen finde, der ein voller Mann iſt, was ich einen Mann nenne, und der ein tüchtiges Weib, frei und ſtark, neben ſich duldet, dann beirate ich ihn auf der Stelle. Verlaſſen Sie ſich darauf. Einen Sclaven kann ich billiger haben.

(Kleine Pauſe.)

Sie wiſſen jetzt was ich ſuche.

Paul. Es iſt ſo ziemlich das, was ich Ihnen bieten kann.

Fauſt. Haben Sie Zeugniſſe?

Paul. Hier. (Er zieht ſie aus der Bruſt und reicht ſie ihr.)

Fauſt. (legt die Cigarrette weg, breitet die Zeugniſſe auf den Tiſch aus). Sie haben ſtudirt?

Paul. Die Technik.

Faust. (in die Zeugnisse blickend). Mit ausgezeichnetem Erfolge, wie ich sehe. (Sieht andere Zeugnisse an.) Deconomie, Buchhaltung. (Sie hebt ein Papier empor.) Ihre Schrift?

Paul. Ja.

Faust. Sehr schön! (Entrollt Zeichnungen.) Sie zeichnen. (Betrachtet eine Zeichnung.) Allerliebst. Nach welchem Meister ist das?

Paul (bescheiden). Es ist meine Idee.

Faust. (sieht ihn an, blättert weiter, lebhaft). Für Zeitungen haben Sie auch geschrieben?

Paul. Nebenbei.

Faust. (ein anderes Zeugniß ansehend). Einen Menschen mit eigener Lebensgefahr aus dem Wasser gezogen —

Paul. Ich habe dafür ein Dutzend Anderer umgebracht.

Faust. Sie waren Soldat. Noch ein Zeugniß. (Sie nimmt das letzte.)

Paul. Daß ich weder die üble Gewohnheit habe, in fremde Säcke zu greifen, noch die Leidenschaft, meine Mitmenschen zu skalpiren, und an der Ermordung des Julius Cäsar ebenso unschuldig bin, wie an dem Raube der Sabinerinnen, kurz, was man gut deutsch — ein Sittenzeugniß nennt.

Faust. Ihre Zeugnisse lassen nichts zu wünschen übrig, aber die Hauptsache ist, Sie gefallen mir. (Gibt ihm die Zeugnisse.)

Paul. Das ist mir lieb.

Faust. Meine Bedingungen kennen Sie?

Paul. Ja.

Faust. Sind Sie zufrieden?

Paul. Ja. Nun hören Sie aber die meinen.

Faust. Sie sind kostbar.

Paul. Verfügen Sie über alle meine Kenntnisse und Fähigkeiten, Frau Baronin, aber meine Person muß frei bleiben.

Faust. (mit Pathos). »Ich kann nicht Fürstendiener sein!«

Paul. So etwas dergleichen. Ich will mit einem Worte arbeiten, aber nicht dienen. (Er steht auf.)

Faust. (steht auf, sieht ihn einen Augenblick an und bietet ihm dann die Hand). Unser Vertrag ist geschlossen.

Paul (ergreift ihre Hand).

Faust. (zieht ihre Hand zurück, humoristisch). Nein, noch nicht. Es geht noch Eins ab, das Wichtigste, wie gefalle ich Ihnen?

Paul. Bis jetzt vortrefflich.

Faust. (schalkhaft). Nun, ich hoffe, ich werde Ihnen immer besser gefallen.

Paul (herzlich). Ich hoffe auch.

Faust. (geht bis in die Mitte des Hintergrundes, dann über die Schulter zu ihm). Ihr Zimmer wird sofort eingerichtet. (Sie zieht an der Glockenschnur.)

Paul. In einer Stunde stehe ich Ihnen zur Verfügung. (Er nimmt seinen Hut und geht um den Divan zur Thüre rechts.)

Faust. Ich erwarte Sie. Adieu!

Paul (verneigt sich tief, dann ab rechts).

Faust. (bleibt in der Mitte in Gedanken versunken stehen).

9. Scene.

Faustina. Anna.

Anna (von rechts).

Faust. (vor sich). Seltsam! (Zu Anna.) Der Mann gefällt mir.

Anna. Mir auch, Frau Baronin, er hat etwas Resolutes. Man merkt, er war Soldat.

Faust. (Sie geht bis zum Clavier und fährt mit der Hand über die Tasten.) Was fangen wir nun an, bis er zurückkehrt? (Sie geht nach vorne gegen das Sopha.)

Anna. Das Pferd steht gesattelt.

Faust. (wirft die Reitpeitsche auf den Divan in der Mitte). Ich reite nicht. (Sie geht bis zum Fenster rechts.) Ich will zur Promenade. (Man hört Peitschenknallen von der Straße herauf.) Was ist das?

Anna. Herr meines Lebens, wir haben ja die Schlittage vergessen!

Fauſt. (durch das Fenſter blickend). In der That. Da ſind ſie Alle, Kollzoff, unſere Armida von der Oper, Mollwitz —

10. Scene.

Vorige. Setzerjunge.

Setzerj. Hier iſt die Correctur, aber —

Fauſt. (nimmt ſie, ſieht ſie an). Nun?

Setzerj. Ich ſoll ſie gleich wieder mitbringen. (Zieht ſich in den Hintergrund zurück.)

Fauſt. Gut. Und das Dejeuner?

Anna. Alles bereit. (Ab rechts.)

Fauſt. (im Abgehen nach rechts.) Ich werde mich beeilen und bin im Augenblick wieder da. (Ab rechts.)

11. Scene.

Setzerj. (bleibt an der Thür rechts).

Graf (wie früher). **Madeleine** (ſchöne üppige Blondine in veilchenblauem Sammtkleid). **Haaſe** (ſchwarz gekleidet, etwas dick, lichtblond, das Haar glatt nach vorn gekämmt, Schnurrbart und Backenbart). **Fanni** (in buntem Seidenkleide). **Margarethe** (ebenſo). **Salomon** (überladene bunte Toilette, große Uhrkette, Buſennadel, Ringe, gelber Teint, krauſes, ſchwarzes Haar in die Stirn gewachſen, Backenbart). **Judith** (ſchwarzes Seidenkleid, grellrothe Jacke u. gleiche Sammtkappe, viel Schmuck). **Mollwitz** (elegant friſirt, kleinen Schnurrbart, Zwicker.) **Pfotenhauer** (graues Haar, grauer Vollbart, graue Pantalons und Weſte, ſchwarzer Frack). **Horn** (wie früher). Alle von links. Es wird angenommen, daß die Geſellſchaft die Schlittenpelze im Vorſaal abgelegt hat. Der Graf führt Madeleine, Haaſe Fanni, Mollwitz Margarethe, Salomon Judith.

Die Geſellſchaft löſt ſich ſofort nach ihrem Eintritt in Gruppen auf. Judith blättert an dem Tiſche im Hintergrunde l. in einem Pracht-album. Madeleine ſetzt ſich an das Clavier und präludirt. Horn ſpricht mit ihr. Salomon und Pfotenhauer ſetzen ſich an den Tiſch vorne L. und converſiren. Fanni und Margarethe ſetzen ſich auf den Divan in der Mitte mit dem Rücken gegen das Publicum. Graf ſteht vor ihnen und unterhält ſie. Haaſe wird von Mollwitz auf das Sopha vorne rechts gezogen.)

Mollw. Es iſt mein gutes Glück, daß ich Sie heute erwiſche, Haaſe, Freund, Advocat, Deputirter, ich bin in der Schmiere bis über die Ohren, meine Gläubiger werden grob, grob ſage ich Ihnen. Was ſoll ich anfangen? Meinen Stammbaum für einen guten Rath. (Spricht mit Haaſe.)

Mad. (ohne ſich zu bewegen). Graf!

Graf (eilt zu ihr). Sie befehlen?

Mad. Mein Tuch, es iſt im Pelz geblieben.

Graf (rechts ab).

Horn (zur Geſellſchaft). Die Reſidenz trauere in Sack und Aſche, Signora Madeleine, unſere gefeierte Primadonna, hat den Schnupfen.

Jud. (ohne ſich zu bewegen). Vater! komm' einmal!

Sal. (geht raſch zu ihr).

Graf (von rechts, bringt Madeleine das Tuch).

Mad. (nimmt es, ohne zu danken).

Graf (kehrt zu den Damen zurück).

Jud. (zu Salomon). Siehſt Du, das iſt die Ausgabe des Reinecke Fuchs, die ich haben will, Papa.

Sal. Sollſt ſie haben, meine Tochter.

Jud. Die Zeichnungen ſind von Kaulbach, ſie koſtet nur 30 Thaler.

Sal. 30 Thaler! biſt Du geſcheidt?

Jud. Aber ich bitte Dich, ein Gedicht von Göthe kann ja gar nicht bezahlt werden.

Sal. Von Göthe iſt der Plunder.

Jud. (halblaut). Aber Vater, Du ſtellſt uns wieder bloß.

Sal. Göthe! Wie kann an Göthe etwas Beſonderes ſein, der ganze Göthe koftet mich 1 Thaler 15 Silbergroschen, ich bitte Dich, höre mir auf. (Er geht nach vorne.)

Jud. (ihm folgend). Willst Du, daß ich weine?

Sal. (zärtlich). Nein, Du sollst nicht weinen, meine Tochter, Du sollst das Buch haben.

Jud. (leise). Und thu' mir nur das Eine und sprich nicht über die Literatur.

Sal. Warum soll ich nicht sprechen über die Literatur? Ich kann sie bezahlen die ganze Literatur, warum soll ich nicht sprechen von dem, was ich zahle?

Jud. (mit erhobenen Händen, leise). Ich beschwöre Dich, man lacht über uns.

Sal. Wer lacht? Bist Du nicht erzogen wie eine Prinzessin?

Jud. Meine Bildung ist auch mein einziger Stolz, aber Du bist ein Barbar.

Sal. Ein Barbar? Warum soll ich sein ein Barbar? Ich esse kein Menschenfleisch. (Setzt sich wieder an den Tisch vorne links.)

Jud. (beugt sich über seine Lehne und spricht leise mit ihm weiter).

Haase (zu Mollwitz leise). Das Beste ist, Sie heiraten.

Mollw. Gut. Ich heirate, aber wen?

Haase. Unsere kleine Orientalin dort. (Zeigt mit dem Auge auf Judith.)

Mollw. Der alte Salomon hat viel Geld?

Haase. Jüdisch viel Geld.

Mollw. Aber die kleine Judith ist sehr romantisch, und ich weiß verdammt wenig von der Literatur.

Haase. Lassen Sie sich ein Conto beim Buchhändler eröffnen.

Mollw. Famos!

Haase. Sie bezahlen es so nicht.

Mollw. Aber die Baronin? Ich bin ihr erklärter Anbeter. Wissen Sie was, ich heirate beide.

Haase. Sie Türke!

Mollw. Pardon, ich meine, ich mache mich an Beide und die mich zuerst nimmt, nun — die hat mich.

Horn. Wo ist heute Herr Dr. Bernard, unsere medicinische Leuchte?

Marg. (vorlaut). Seine ausgedehnte Praxis erlaubt es ihm nicht an unseren phantastischen Vergnügungen theilzunehmen. (Zu Fanni.) Ich habe es Bernard verboten. Wenn er da ist, brennt der Boden hier unter meinen Füßen, die Luft riecht sogar frivol, diese Madeleine, sieh' doch ihre Juwelen, das ist doch zu russisch! Und die Baronin —

Fanni. Die Baronin ist eine Cirene.

Haase. Liebes Kind, zügle deine fatale Leidenschaft für Fremdworte, Du stellst uns bei jeder Gelegenheit an den Pranger. Cirene! es ist nicht zu glauben. Du willst Sirene oder Circe sagen.

Mad. (ohne sich zu bewegen). Meine Herren Deputirten, wie steht es mit der Civilehe, ist Aussicht vorhanden, daß die Kammer das Gesetz annimmt?

Pfotenb. Das Resultat der Abstimmung ist noch zweifelhaft.

Horn. Morgen bringt mein Blatt einen Artikel der Baronin, welcher alle unsere Gegner niedersäbelt. Dann folgen die Reden unserer Deputirten, ich höre sie alle sprechen, unseren Advocaten, unsern großen Haase.

Haase. Bitte!

Horn. Unser Finanzgenie Salomon.

Sal. (rasch zu Judith). Hörst du, meine Tochter. (Verneigt sich dann.)

Horn. Unsern Vertreter der Industrie, den Vater der Arbeiter, Pfotenhauer.

Pfotenb. (verneigt sich).

12. Scene.

Vorige. Faustina.

Faust. (in der früheren Toilette von rechts, die Correctur in der Hand). Ich grüße Sie, meine Damen, meine Herren.

Alle (erheben sich, sie zu begrüßen).

Faust. (zu Horn). Hier ist die Correctur. (Geht zu dem Tisch vorne l. und klingelt, zwei Diener bringen einen gedeckten Tisch und stellen ihn vor den Divan in der Mitte, dann gehen sie ab.)

Horn (verneigt sich, sieht die Correctur an und gibt sie dem Setzerjungen).

Graf (indem er zu dem Fenster rechts geht). Die Musen sind abgefertigt, wir entführen Sie jetzt zur Schlittage, Baronin.

Mollw. Der Hof seine Fürstin.

Mad. (fixirt die Toilette Faustina's und kömmt nach vorne).

Graf. Sie sind immer geistreich, Capitän!

Setzerj. (l. ab).

13. Scene.

Vorige ohne Setzerjungen.

Faust. Vorher ein kleines Dejeuner (Ladet mit einer Handbewegung ein.) Machen Sie die Hausfrau, Haase.

Haase. Ich?

(Zugleich) Faust. Sie sind mein Advocat, Sie müssen mich in Allem vertreten. (Sie steht jetzt vorne links, den Rücken gegen das Publicum.)

Mollw. (macht ihr den Hof).

Mad. (setzt sich auf das Sopha rechts).

(Die Uebrigen bis auf den Grafen gruppiren sich um das Dejeuner und bedienen sich. Fanni, Marg. auf dem Sopha in der Mitte, die Anderen stehend. Haase schenkt die Gläser voll und bedient Fanni. Graf bedient Madeleine.

Jud. (kömmt mit einer Assiette zu Faustina). Denken Sie, mein Vater will keine Rede halten.)

Faust. Warum nicht?

Jud. (leise). Es fällt ihm nichts ein.

Faust. Er wird sich bei dieser Debatte mit Ruhm bedecken, lassen Sie nur mich machen.

Jud. (geht zu dem Sopha links, setzt sich und ißt).

Haase (mit einer Bouteille in der Hand, Faustina betrachtend). Superbe Toilette! Frau Baronin, Sie sehen ganz wie eine jener russischen Despotinnen aus, die über Millionen Sclaven geboten.

Jud. Papa!

Sal. Ja.

Jud. Ein Glas Wein.

(Zugl.) Sal. (bringt es ihr, kehrt zum Dejeuner zurück).

Faust. Wir sind alle Despotinnen, lieber Haase, und wenn wir gleich der großen Katharina Jemand zu unserem Günstling erheben, so bleibt er doch nur unser Sclave. Vergesse das Niemand. (Sie blickt auf Mollwitz und setzt sich rechts an den Tisch.) Bringen Sie mir eine Assiette, Sclave.

Mollw. (eilt zum Frühstücktisch und kehrt mit einer Assiette zurück).

Faust. Und ein Besteck.

Jud. Mollwitz, lieber Mollwitz, bitte schön, ein kleines Brod.

(Zugleich) Mollw. Im Augenblick (er rennt zum Frühstücktisch, bringt das Besteck, dann Judith das Brod.)

Pfotenh. Haben Sie das kleine Buch gelesen, welches so allgemeines Aufsehen erregt?

Faust. Was für ein Buch? Mollwitz, Sie lassen mich verhungern.

Mollw. Gleich. (Eilt zum Dejeuner, holt eine Schüssel.)

Faust. (bedient sich).

Pfotenh. Eine Novelle: »Die Arbeiterin.«

Horn Und Sie errathen den Verfasser nicht?

Sal. (zu Judith). Soll ich sagen — Göthe?

Jud. (mit erhobenen Händen). Still sein sollst Du. (Laut.) Mollwitz, bitte etwas zu essen.

Horn. Wer kann so etwas schreiben als Faustina Löwenberg?

Mollw. (rennt mit der Schüssel zu Judith).

Jud. (bedient sich).

Faust. Sie sind zu gütig. Mollwitz, eine Serviette.

Moll. Ich fliege. (Er eilt, setzt die Schüssel ab und bringt die Serviette.)

Jud. (leert ihr Glas). Bitte, Mollwitz, nehmen Sie mein Glas.

Mollw. Befehlen Sie nur. (Stellt es auf den Tisch.)

Mad. (setzt sich zu Faustina, humoristisch). Nun, welches Schicksal hat Ihre originelle Annonce? Haben Sie »einen Mann« gefunden?

Faust. Ich glaube ja.

Haase. Einen Secretär?

Faust. Ja. Mollwitz, Sie lassen mich verdursten.

Mollw. (bringt Faust. ein Glas, schenkt ihr ein).

Faust. Ich glaube, ich habe einen vortrefflichen Fang gemacht. Mich täuscht der erste Eindruck nie.

Sal. Der Instinct des Weibes sieht immer schärfer als die Vernunft des Mannes.

Jud. Aber Papa! Mollwitz, bitte eine Serviette.

Mollw. (bringt sie).

Mad. Sie machen mich neugierig.

Faust. Es ist ein junger, interessanter Mann von zugleich herben und feinen, ich möchte sagen brittischen Manieren, ein Mann von vielseitiger Bildung, ein Mann von Geist, ein Charakter.

Mad. (bei Seite). Sie wird sich in ihn verlieben.

Faust. Aber Mollwitz, Sclave, ich habe kein Brod.

Mollw. (bringt ihr eilig Brod, bei Seite). Ich verliere noch den Athem.

Jud. Papa!

Sal. (eilt zu ihr).

Jud. Wische mir den Mund ab.

Sal. (thut es).

Pfotenh. Nach dem Erfolge Ihrer Novelle, Frau Baronin, bin ich auf Ihren Artikel über die Civilehe auf das Aeußerste gespannt.

Faust. Ich habe für unsere Sache gethan, was in meinen Kräften stand. Ich erwarte nun auch von Ihnen, meine Herren Deputirten, daß Sie sich energisch an der Debatte betheiligen, daß Sie unsere Gegner mit Gründen niederschmettern.

Mad. Für den Beifall auf den Galerien werden wir sorgen. (Sie applaudirt.)

Haase. Sie können überzeugt sein --

Pfotenh. An mir wird es nicht fehlen.

Faust. (steht auf, geht nach rechts zu Salomon). Was werden Sie in der Kammer sagen, weiser Salomon?

Sal. Ich? — gar nichts.

Faust. Sie werden doch eine Rede halten?

Sal. (schüttelt den Kopf).

Jud. Wenn ich in der Kammer säße, Papa, so würde ich gleich eine Rede halten, und ich bin erst 17 Jahre alt.

Horn. Wirklich?

Jud. Wollen Sie meinen Taufschein sehen?

Sal. (zu Judith). Was Taufschein! Ich bin noch nicht 15, willst Du meinen Taufschein sehen?

Jud. Aber Papa!

Faust. (links von Salomon). O' Sie wollen uns nur überraschen, Salomon, Sie werden reden, und wie werden Sie reden! (Sie legt die Hand auf seine Schulter und lehnt sich an ihn.)

Sal. Wie werde ich reden? Gar nicht werde ich reden.

Jud. (ebenso wie Faust. von rechts). Papa, bitte, bitte.

Sal. Reden ist Silber, Schweigen — Gold (er nimmt eine Hand voll Dukaten aus der Hosentasche und schüttelt sie) und Gold ist mir lieber.

Faust. (zur Gesellschaft mit Humor). Beeilen wir uns mit der Emancipation des Weibes. Da haben wir einen Mann, der Deputirter ist, der gewählt wurde, um in der Kammer zu sprechen und keine Rede halten will, und hier steht eine Frau vor Ihnen, welche nicht Deputirter ist, und jeden Tag eine Rede halten möchte. Oh! wenn ich nur einmal, ein einziges Mal, auf einer Rednerbühne stünde, wie würde ich sprechen!

Sal. Nun, wie würden Sie sprechen?

Horn. Halten Sie eine Rede, Baronin.

Alle durcheinander der {
Graf. Jud. Mollw. Bravo, Bravo!
Sal. Haase. Marg. Eine Rede! eine Rede!
Fanni. Mad. Pfotenh. Ja! Ja! Ja!
}

Alle (umgeben vorne in der Mitte Faustina).

Horn (sehr rasch). Hier auf der Stelle. Wir bilden das Parlament.

Alle. Bravo! Bravo!

(Zugleich.) {
Jud. Sprechen Sie über die Emancipation.
Mad. Eine Rede über den Despotismus.
Sal. Ueber die Civilehe sollen Sie reden.
Horn. Pfotenhauer ist Alterspräsident. (Rückt den Tisch von links in die Mitte.)
Mollw. (stellt einen Fauteuil vor denselben).
Jud. (holt rasch die kleine Glocke).
Sal. u. Haase (schieben den Divan vorne in die Mitte).
}

Die Uebrigen (eilen um Fauteuils und stellen sie vorne im Halbkreise von links nach rechts, zwischen den Souffleurkasten und den Präsidententisch gegen das Publicum).

Horn (die Sessel rangirend). Hier die Linke.

Mad. Jud. Fanni. Marg. Wir sind die Linke, für die Emancipation.

Horn (wie oben). Hier die Rechte.

Graf. Mollwitz, wir sind die Rechte, wir opponiren gegen die Emancipation.

Sal. Haase. Uns bleibt nur das Centrum. (Setzen sich auf den Divan.)

Horn. Ich verstärke die Rechte.

Faust. Renegat!

Horn. Nur heute.

Alle (nehmen Platz in folgender Ordnung: von r. nach l. Mollw., Graf, Horn, Sal., Haase, Marg., Fanni, Mad. Faust., Jud.).

Pfotenh. (an dem Präsidententisch).

Horn. Wir sind beschlußfähig, die Verhandlung kann beginnen.

Pfotenh. (läutet). Ich eröffne die Sitzung; auf der Tagesordnung steht —

(Zugl.) {
Damen. Die Emancipation.
Herren. Die Civilehe.
}

Faust. Ich bitte um das Wort.

Pfotenh. (läutet). Die Baronin hat das Wort.

Faust. (geht langsam hinter den in die Mitte gerückten Frühstückstisch, so daß sie hinter demselben wie auf der Tribune en face gegen das Publicum erscheint).

Damen. Bravo! Bravo!

Horn (rückt mit dem Sessel und scharrt mit den Füßen). Unruhe auf der Rechten.

Pfotenh. (läutet).

Faust. Meine Herren!

Horn. Bitte, es sind auch Damen da.

Mad. Wir sind ja eigentlich die Herren.

Faust. Meine Herren! Indem ich das Wort ergreife, um Ihnen die Civilehe zu empfehlen, übersehe ich die Gründe, mit denen sich die Gegner derselben waffnen, durchaus nicht. Ich höre ihre erbaulichen Predigten, mit denen sie den Tod aller Moral, die Emancipation des Weibes ankündigen. Ich spreche es offen aus, unsere Gegner haben theilweise Recht.

Mollw. Horn. Graf. Hört! Hört!

Faust. Die Reform der Ehe ist der erste Schritt zur Befreiung des Weibes aus den Fesseln barbarischer und finsterer Zeiten.

Mollw. Graf. Horn. Oho!

Damen. Bravo! Bravo!

Sal. Haase. Hört! Hört!

Faust. Unsere Zeit ist eine menschlichere, ich frage Sie aber, ist die Ehe auch heute noch viel mehr als ein Kauf?

Horn. Hört! Hört!

Faust. Uebernimmt der Mann nicht die Sorge für die Existenz des Weibes und verkauft ihm das Weib nicht dagegen seine Schönheit, seine Freiheit?

Horn. Graf. Mollw. Oho!

Damen. Bravo!

Faust. Wir wissen, wie selten dieser schlimme Handel von beiden Seiten mit vollem Bewußtsein, mit freiem Willen eingegangen wird, wie in der Regel das unreife Mädchen unbedacht, unerfahren, willenlos Pflichten für ein ganzes Leben übernimmt, welche das Weib dann nicht immer erfüllen kann.

Damen. Bravo!

Faust. Sie haben jedoch kein Recht, das Weib dafür zu schmähen, zu peinigen, nicht über die Einzelne, nicht über das Geschlecht brechen Sie den Stab, sondern über ihre eigenen Satzungen, an deren Einrichtung das Weib keinen Theil ge= habt hat. Ich bin Atheistin in der Liebe, ich glaube nicht an den einen Gott der Liebe. Es wird nirgends so leicht ein Fehler in der Rechnung begangen, als wenn man mit Charakteren und mit Her= zen rechnet. Soll jede Täuschung zum Fluche für ein ganzes Menschenleben, ja für kommende Geschlechter werden? Soll ein Vertrag, den beide Theile bereuen, nicht gelöst werden dürfen? Nein, suchen wir unsere Einrichtungen mit den Gesetzen in Einklang zu bringen, die wir in uns tragen. Ist eine neue Ehe unsittlicher, als die eine heilige, die jeden Tag gebrochen und entheiligt wird? Deßhalb fordere ich Sie nicht nur im Namen der Mensch= lichkeit und Wahrheit, sondern eben im Namen jener Moral, welche unsere Geg= ner so sehr bedrängt sehen, auf, für die Civilehe zu stimmen.

zugl. { Horn. Unruhe auf der Rechten.
Damen. Bravo! Bravo!

Faust. Sie dürfen aber dabei nicht stehen bleiben.

zugl. { Horn. Hört! Hört!
Mollw. Graf. Oho!

Faust. Die Emancipation des Weibes ist eine Pflicht des Jahrhunderts.

Graf. Mollw. Horn (scharren mit den Füßen). Oho! Oho!

Pfotenh. (läutet).

Horn. Ich bitte die Rednerin zur Ordnung zu rufen.

Graf. Ich bitte um das Wort.

Mollw. Ich auch.

Damen. Nein! Nein!

(Tumult.)

Pfotenh. (läutet). Redner hat das Wort.

Faust. (die Arme auf der Brust ver= schränkt). Wie sie zittern, wie sie eifern gegen die Befreiung des Weibes! Diese stolzen Herren der Erde, die am Ende doch nichts sind als unsere Knechte, unsere Plantagenneger. Nicht von der Emanci= pation des Weibes sollte die Rede sein, sondern von der Emancipation des Man= nes.

zugl. { Horn. Hört! Hört!
Damen. Bravo! Bravo!

Faust. Ihr laßt Jehova zu dem Weibe sprechen: Er soll dein Herr sein! aber Jehova hat nirgends gesagt: Er wird dein Herr sein! es sind eure Ketten, die Ihr löst, denn Ihr seid unsere Scla= ven!

zugl. { Herren. Oho! Oho!
Damen. Bravo! Sehr gut!

(Tumult.)

Faust. Wir genießen, Ihr arbeitet für uns.

Damen. Bravo!

Fanni. Ihr seid unsere Zeloten!

Haase. Heloten, Fanni, Heloten!

Faust. (mit Humor). Unsere Plantage sind eure Werkstätten, eure Comptoirs, eure Bureaux.

(Tumult. Unterbrechung.)

Mollw. Graf. Horn (stehen auf, scharren, zischen).
Damen (stehen auf, applaudiren).
Pfotenh. (läutet).

(Der Tumult dauert fort.)

Faust. (steigt herab).
Pfotenh. Ich erkläre die Sitzung für geschlossen.
Damen (umringen Faustina). Bravo! Bravo! Hoch Faustina!
Horn (zu den Herren). Wir bringen eine Katzenmusik. Miau! Miau! Miau!
Jud. Wir einen Fackelzug, wobei Sie die Fackeln tragen müssen. (Verneigt sich gegen die Herren.)
Horn. Wir sind freie deutsche Männer!
Herren (um ihn links). Freie Männer!
Faust. Unsere Sclaven seid Ihr!
Damen (um sie rechts). Unsere Sclaven!

(Jeder stellt seinen Sessel zurück. Horn den Tisch.)

Haase. Ich protestire, ich bin kein Sclave, nicht wahr, Fanni?
Fanni (lachend). Mein Plantagennegger bist Du.
Haase. Ah!
Damen (lachen).
Mollw. Trage ich etwa auch Ketten?
Damen (lachen).
Faust. Freilich!
Jud. Doppelte!
Mad. Dreifache!
Graf. Aber ich, meine Damen?
Damen (lachen).
Sal. Und — moi?
Damen (lachen).
Sal. Es hilft nichts, wir sind Sclaven!
Damen. Sclaven! Unsere Sclaven!
Mad. (geht zum Clavier, setzt sich und präludirt, den Rücken gegen das Publicum,

so daß Paul, wenn er eintritt, sie nicht sehen kann).
Alle (folgen ihr bis auf Faust., Sal., Jud.).
Sal. (nimmt Faustina vorne an der Rampe unter den Arm). Baronin! edles Weib, — Sie sind ein edles Weib, nicht wahr? Schreiben Sie mir eine Rede.
Faust. Ich?
Sal. Ja, Sie. Sehen Sie mich an. Ich werde sprechen. Ein Mann, ein Wort. (Bietet ihr die Hand.)
Faust. (schlägt ein). Ein Weib, ein Wort, ich schreibe Ihnen die Rede.
Jud. (jubelnd). Und ich studiere sie Dir ein, Papa, ich, mit Action. (Stellt sich, die Hand in der Brust.) Meine Herren! Ha! ha! ha! Du wirst Alles niederschmettern, Papa.
Sal. Das will ich auch, so wahr ich Salomon heiße. Niederschmettern!

14. Scene.

Vorige. Paul.

Paul (von links, geht bis vorne und verneigt sich). Hier bin ich, Frau Baronin, und stelle mich zu Ihrer Verfügung.
Mad. Diese Stimme! (Sie erhebt sich, blickt scheu von der Seite auf Paul und wankt.) Er ist es.
Faust. (wendet sich in demselben Augenblicke zur Gesellschaft, um Paul vorzustellen, so daß sie von der Rampe aus die ganze Scene überblickt).
Graf (zu Madeleine). Was ist Ihnen?
Mad. (preßt die Hand an das Herz und sinkt um).
Fanni (zu ihr eilend). Hilfe! Wasser!
Graf (ebenso). Sie stirbt.
Alle (bis auf Paul schreien auf und umgeben Madeleine).
Faust. Einen Arzt!
Paul. Ich eile. (Sehr rasch links ab.)

15. Scene.

Vorige ohne Paul.

Jud. Sie kommt zu sich. (Unterstützt Madeleine.)

Fanni. Sie schlägt die Augen auf. (Ebenso.)

Fanni und Jud. (führen Madeleine langsam zu dem Sopha links).

Graf. Faust. (kommen rechts nach vorne).

Graf. Wer war der Mann?

Faust. (ohne auf seine Frage zu antworten, Madeleine ansehend). Sie sank um, als sie seine Stimme hörte. (Sie geht in die Mitte, wo sie stehen bleibt.)

Mad. (blickt auf Faustina). Weh' ihr, wenn sie ihn liebt. Ich bin nicht glücklich, es soll Niemand glücklich sein.

Faust. (für sich). Welch ein Geheimniß!

(Der Vorhang fällt.)

2. Act.

(Kleines vornehm elegantes Boudoir bei Faustina. Der Boden mit kostbaren Teppichen belegt. Rechts vorne ein Sammtdivan, vor demselben ein Tischchen mit Büchern und Zeitungen. Links vom Divan ein elegantes Büchergestell, rückwärts links eine Thüre. Vorne ein Fenster, an demselben eine Staffelei mit einem angefangenen Bilde, vor demselben ein kleiner Sammtfauteuil, auf dem eine Palette liegt und an dem ein Malerstock lehnt. Auf dem Boden ein Farbenkasten. Die Mitte der Hinterwand nimmt ein großer Kamin ein, auf dessen Sims Nippes und chinesisches Porzellan stehen. Ein lebhaftes Feuer im Kamin, vor demselben zwei kleine Sammtfauteuils, ein Schemel, r. und l. vom Kamin je ein großer Spiegel, unter demselben ein kleiner Tisch. Gemälde an den Wänden. Abend. Helle Beleuchtung durch eine große Ampel von oben.)

1. Scene.

Faustina. Anna.

Faust. (liegt in einem silbergrauen Seidenschlafrock mit kleiner Schleppe, das Haar von einem rubinrothen Sammtbande gehalten, auf dem Divan).

Anna (bei dem Kaminfeuer beschäftigt, mit dem Rücken gegen das Publicum).

Faust. Alle Welt ist überzeugt von meiner Krankheit.

Anna. Ja, aber der Arzt?

Faust. Laß' mich nur machen. Ich freue mich wie ein Kind. Endlich ein Abend, wo ich behaglich, wo ich allein sein kann.

Anna. Mit ihm.

Faust. Ja denn, mit ihm.

Anna (nähert sich Faustina). Paul ist Ihnen angenehm.

Faust. Das ist nicht das Wort. Er ist mir interessant. (Sie horcht.) Man kommt. (Sie springt auf.) Du weißt, was Du zu sagen hast. Schnell fort. (Eilt rechts ab.)

2. Scene.

Anna, Haase und Fanni (beide von links im Straßenanzug).

Anna. Die Frau Baronin ist recht leidend, sie wird aber im Augenblicke hier sein.

Fanni. Ah! es sollte uns leid sein, wenn wir stören.

Anna. Durchaus nicht. (Rechts ab.)

3. Scene.

Vorige ohne Anna.

Haase. Ich habe Dich bis hieher geführt, mein Kind, nun darf ich wohl zu meinem Proceß zurückkehren.

Fanni. Meinetwegen. (Setzt sich auf den Divan und nimmt eine Zeitung.)

Haase. Es ist ein großer, wichtiger Proceß, den die Bank —

Fanni. Laß mich in Frieden mit deinem Proceß. (Liest weiter.)

Haase (nähert sich zärtlich). Wenn ich ihn gewinne, liebes Kind, bekömmst Du — nun rathe einmal.

Fanni (ohne aufzublicken). Bist Du noch da?

Haase. Wenn ich den Proceß gewinne, bekömmst Du — rathe doch.

Fanni. Ich will nicht rathen.

Haase (setzt sich zu ihr). Du bekömmst Diamanten wie die Baronin.

Fanni (Haase kokett von der Seite ansehend). Diamanten? sie werden mir gut stehen.

Haase. O gewiß. (Er ergreift ihre Hände und küßt sie eine nach der anderen.)

Fanni (küßt ihn auf die Wange). So, es ist gut. Geh' jetzt in Dein Bureau. Die Diamanten muß ich haben, verstehst Du? (Sie richtet ihm die Halsbinde.) Arbeite brav, gewinne mir den Prozeß. Geh' — Sclave!

Haase. Jetzt gehe ich aber wirklich.

Fanni. Freilich mußt Du fort, denk' an meine Diamanten.

Haase (geht, ihr Kußhände werfend, bis zur Thür links, wo er stehen bleibt und ihr noch einen letzten Kuß zuwirft).

Fanni. Sclave!

Haase (links ab).

4. Scene.

Fanni, Faustina (von rechts wie früher, den Kopf mit einem weißen Tuche eingebunden, sehr langsam).

Fanni (eilt ihr entgegen). Arme Baronin!

Faust. Ach! liebe Fanni, mir ist recht elend, ich werde zu Bette müssen. (Setzt sich auf den Divan.) Wollen Sie meine Loge benützen?

Fanni. Mit Ihrer Erlaubniß.

Faust. Auch mein Wagen steht zu Ihrer Verfügung. (Sie legt den Kopf auf den Polster.)

Fanni. Sie sind zu gütig. Haben Sie Schmerzen?

Faust. Da. (Zeigt auf die rechte Seite des Kopfes.)

5. Scene.

Vorige. Anna. (Von links.)

Anna. Der Graf und Herr von Mollwitz.

Faust. Führe sie herein.

Anna (ab).

Fanni. Ach, wie ich Sie bedaure!

Faust. Ich bin auch zu bedauern.

6. Scene.

Vorige. Graf. Mollwitz.

Mollw. Wir sind in Verzweiflung, Baronin, Sie sind krank.

Fanni (steht auf, geht zum Spiegel links und ordnet ihre Toilette).

Graf. Sie haben um den Arzt geschickt.

Mollw. (betrachtet das Bild auf der Staffelei).

Faust. Ja, ich leide sehr. Setzen Sie sich. Aber Sie müssen heute wohl in die Oper? Mollwitz, ein Glas Wasser!

Mollw. (links ab).

Faust. Madeleine hat eine wunderbare Partie. Wie leid ist es mir, daß ich sie nicht hören kann. Ich hoffe sie ist ganz hergestellt.

Graf (sich ihr nähernd). Es war eine momentane Nervosität. (Er steht hinter dem Divan und lehnt sich über sie.) Was sagen Sie zu diesem Vorfall?

Fauſt. (unbefangen). Zu welchem Vorfall?

Graf. Neulich, beim Dejeuner.

Fauſt. Meſſen Sie demſelben eine Bedeutung bei?

Graf. Sie ſank zuſammen, als ſie die Stimme Ihres Secretärs hörte.

Mollw. (von rechts, bringt Fauſtina ein Glas Waſſer auf einer Silberplatte).

Fauſt. (trinkt, ſtellt das Glas zurück und dankt mit einem Kopfnicken).

Mollw. (ſtellt das Glas auf den Kamin).

Fauſt. Hat Madeleine davon geſprochen?

Graf. Mit keinem Worte, das beunruhigt mich eben. Ich werde Madeleine fragen, aber glauben Sie, daß ſie mir eine Antwort geben wird?

Fauſt. (lacht). Mollwitz, den Fußſchemel!

Graf. Sie iſt im Stande und antwortet mir mit der Peitſche.

Fauſt. Ah!

Mollw. (bringt Fauſt. den Schemel).

Fauſt. (ſetzt den Fuß darauf). Es iſt gut.

Mollw. (ſpricht mit Fanni).

Fauſt. (zu dem Grafen). Sie ſind alſo Sclave ohne alle Allegorie?

Graf (ſtolz). Sie wiſſen, daß ich jeden Mann tödte, der mir nahetritt, aber von einem ſchönen Weibe mißhandelt zu werden, iſt mir ein Genuß. Madeleine iſt ſo ein kleiner Dämon nach meinem Geſchmacke.

Fauſt. Sie maltrütirt Sie alſo ohne alle Umſtände?

Graf. Ja wohl, ich bin ſehr glücklich.

Fauſt. Mollwitz!

Mollw. (eilt zu ihr).

Fauſt. Sie ſind doch ſehr unaufmerkſam.

Mollw. Sie machen mich unglücklich, Frau Baronin.

Fauſt. Richten Sie mir doch das Kiſſen.

Mollw. (thut es).

Fauſt. Höher.

Mollw. (gehorcht).

Fauſt. Höher, ſage ich. Wie ungeſchickt. Ich muß mich um einen andern Sclaven umſehen.

Mollw. Fauſtina, Sie rädern mich.

Fauſt. O! wie gerne ließe ich Sie jetzt rädern.

7. Scene.

Vorige. Bernard. Anna (von rechts). (Begrüßung.)

Bern. (ſtellt ſeinen Hut auf den Tiſch rechts und nähert ſich Fauſtina).

Anna (nimmt das Glas, trägt es hinaus und kehrt dann wieder zurück).

Graf. Mollw. Fanni (gruppiren ſich um die Staffelei).

Bern. Was fehlt Ihnen, Frau Baronin?

Fauſt. Ich weiß es nicht.

Bern. Haben Sie Kopfſchmerzen? (Er fühlt ihren Puls.)

Fauſt. Entſetzliche Kopfſchmerzen.

Bern. Der Puls iſt ruhig. (Er legt die Hand auf ihren Kopf.) Zeigen Sie mir die Zunge.

Fauſt. Mit Vergnügen. (Zeigt ſie.)

Bern. Der Kopf iſt kalt. Iſt der Schmerz vielleicht einſeitig?

Fauſt. Da, da. (Zeigt rechts.)

Bern. Rechts. Es iſt Migräne.

Fauſt. Ja gewiß.

Bern. Gehen Sie zu Bette, leſen Sie nicht, ſprechen Sie nicht, ſuchen Sie bald einzuſchlafen. Morgen iſt das vorüber.

Graf. Wir wollen Sie nicht länger ſtören.

Fauſt (bei Seite). Endlich! (Laut.) Mollwitz, begleiten Sie Frau Haaſe zu dem Wagen.

Mollw. Sie erlauben wohl, daß ich

mich noch im Laufe des Abends über Ihr Befinden beruhige.

Faust. Gewiß, beruhigen Sie sich nur.

Fanni (Faustina die Hand drückend). Baldige Besserung.

Faust. Wir wollen hoffen. (Legt sich auf den Polster.)

Graf. Mollw. Bern. Fanni (ab r.)

8. Scene.

Faustina. Anna.

Faust. (springt auf, reißt das Tuch vom Kopfe, schwingt es in der Luft und springt mit Anna lachend im Zimmer herum). Ha! Ha! Ha! So, jetzt ist mir wohl, jetzt den Thee, liebe gute Anna, und sage Paul — (Sie nimmt Anna's Hand und streichelt sie.) Nein, sage ihm nichts, als daß ich ihn erwarte. Ich will mich nur bequem machen. (Rasch ab links.)

9. Scene.

Anna (sieht Faustina nach und schüttelt den Kopf). Bequem? Armer Paul! (Sie nimmt den Schemel und stellt ihn zum Kamin, dann langsam nach rechts.)

10. Scene.

Die Vorige. Paul.

Paul (von rechts, einfach, elegant, ohne Hut, ein Bündel Acten unter dem Arme).

Anna. Ah! Da find Sie ja. Die Frau Baronin erwartet Sie zum Thee, sie wird im Augenblicke hier sein. (Ab rechts.)

11. Scene.

Paul (allein).

(Geht auf und ab.) Wie ist mir? Ich habe mich den Tag über auf diesen Augen-

blick gefreut, und nun ist mir ein wenig bange. Diese Frau flößt mir etwas wie Furcht ein. (Er bleibt in der Mitte stehen.) Ein seltsames Weib, und doch eigentlich nicht seltsam, nur so wie ich mir immer eine ordentliche Frau gedacht habe. (Geht langsam auf und ab.) Keine Modepuppe, keine Blasirte, keine Kopfhängerin und auch kein Blaustrumpf, am wenigsten die „starke Frau", das Ideal des jungen Deutschlands. (Er erblickt das Bild vor der Staffelei und bleibt vor demselben stehen.) Sie malt. Auch das ist keine Spielerei. Sie ist nicht glücklich in der Farbe, aber sie greift mir an das Herz. Welche Poesie in dieser Mondnacht! (Er bleibt stumm vor dem Bilde stehen.)

12. Scene.

Paul. Faustina.

Faust. (langsam v. links. Sie trägt jetzt über dem silbergrauen Seidenschlafrock eine Jacke von rubinrothem Sammt mit Zobelpelz besetzt, das Haar wie früher; sie stützt die Hand auf den Divan und betrachtet Paul). Ein edler Kopf. Ich möchte ihn malen.

Paul (wie oben). Sie hat auch Humor. Der Kater da zeugt dafür. Wie er sentimental über den Steg schleicht, der arme verliebte Bursche.

Faust. (ohne sich zu bewegen). Was sagen Sie zu meinem Bilde?

Paul (verneigt sich). Es ist kein Kunstwerk, aber es spricht eine eigenthümliche, poetische Natur aus demselben. (Für sich.) Eine prächtige Frau.

Anna (von rechts bringt ein kostbares Theeservice auf einer silbernen Platte und etwas kalte Küche, stellt es auf den Spiegeltisch links, rückt ihn zum Fauteuil links und geht wieder links ab).

Paul (nähert sich mit den Acten).

Faust. Was fällt Ihnen ein. (Sie nimmt ihm die Acten und wirft sie auf den

Divan.) Da ist der Thee. Wir wollen plaudern und uns besser kennen lernen. Sie sollen sich recht behaglich finden. (Sie geht zum Kamin, füllt die Tassen und setzt sich dann in den Fauteuil rechts.)

Paul (tritt zum Fauteuil links und bleibt hinter demselben stehen). Sie sorgen dafür; die duftige Dämmerung, die stille freundliche Ampel, das fröhliche Feuer im Kamine und Ihre behagliche Pelzjacke geben die Stimmung eines niederländischen Genrebildes.

Faust. (reicht ihm eine Tasse).

Paul (nimmt sie, dankt und stellt sie auf den Kamin).

Faust. (setzt ihre Füße auf den Schämel, zieht aus der Tasche ihrer Pelzjacke ein Etui mit Cigarretten und bietet sie Paul an).

Paul (nimmt eine Cigarrette und behält sie in der Hand).

Faust. (zündet sich eine Cigarrette an, lehnt sich zurück und raucht, lächelnd). Was denken Sie von mir?

Paul. Alles Gute.

Faust. Das ist eine Phrase. Was hat man Ihnen also von mir gesagt? Man hat mich eine Emancipirte genannt.

Paul. Ja.

Faust. (lächelnd). Und das hat mich in Ihren Augen interessant gemacht?

Paul. Nein.

Faust. (sieht ihn an und lacht dann). Wir sind also Gegner.

Paul (lächelnd). Ja.

Faust. Gut denn, Krieg bis auf das Messer. Aber Sie rauchen ja nicht. Pardon. Sie haben kein Feuer. (Sie steht auf und gibt ihm Feuer.) Sie glauben nicht, daß das Weib sich dem Manne gleichstellen kann?

Paul. Nein.

Faust. Sie sind unartig. (Sie setzt sich wieder.)

Paul. Die Natur des Weibes ist eine andere als die des Mannes, und daher auch die Bestimmung des Weibes.

Faust. Wo finden Sie dann also die wahre Bestimmung des Weibes? Bei der Türkin, die ihr Leben auf seidenen Polstern verraucht, verküßt und verschläft, bei der Amerikanerin, welche die Rednerbühne besteigt und vor den Schranken des Gerichts plaidirt, oder bei dem deutschen Gretchen am Spinnrad?

Paul (verbeugt sich lächelnd). Sehr gut parirt, Frau Baronin.

Faust. So wie der Himmelsstrich, so verändert aber auch die Erziehung die Natur des Weibes und seine Bestimmung. Das Weib, das den "Faust" liest und Beethoven's Musik hört, kann nicht mehr dieselbe Bestimmung haben wie jenes, das sein Kind auf dem Rücken mit dem Manne durch den Urwald zieht.

Paul (überrascht). Sie geben Gründe, das ist mehr, als ich von der besten Frau erwartet habe.

Faust. Der Mann hat das Weib erniedrigt.

Paul (sehr ernst). Und wie denken Sie die Frau aus dieser Lage zu befreien?

Faust. Durch Bildung und Arbeit. Wie haben sich die Völker befreit? Sie begannen zu denken, zu lernen, zu arbeiten, zu schaffen — und warfen das Joch der genußsüchtigen Tyrannen ab.

Paul (jetzt sich in den Fauteuil r.). Wie sind Sie zu diesen Ideen gekommen, Sie, die reiche, angebetete Frau?

Faust. Durch mein Schicksal.

Paul (lächelt und zuckt die Achseln).

Faust. Sie zweifeln. Hören Sie mich an. Wie alle aristokratischen Mädchen wurde ich herzlich schlecht erzogen. Man fand für mich eine glänzende Partie, einen General mit grauen Haare. Ich hatte einen Palast, Pferde und Wagen, eine Loge im Theater, und meine Schultern bedeckte der Hermelin einer Fürstin. Nach und nach kam die Erkenntniß über mich, wie schwer das Leben ist. Meinem Manne mußte ich untreu werden, das war mir bald klar, aber statt mit einem Husaren oder Maler wurde ich es mit Göthe, Rubens, Beethoven. Ich begann zu lernen, zu arbeiten. Als mein Gemal in dem letzten Kriege fiel, stand ich frei, jung und reich, von allen Seiten begehrt, einer Gesellschaft gegenüber, die ich aus dem Grunde meines Herzens verachtete. Ich begann mein Leben nach meinen Ideen einzurichten — und Sie sehen, es hat gut ausgeschlagen. Ich habe keine Seele, die mich wahrhaft liebt, die mein ist, und doch bin ich nicht frivol geworden, ich lasse auch nicht den Kopf hangen, und mein Herz ist heiter, weil ich nicht die Hände in den Schooß lege, weil ich arbeite.

Pa ul (nimmt lächelnd ihre Hand). Diese feine Hand und Sie sprechen von Arbeit. (Er läßt ihre Hand los.)

Faust. Im Saale die Bilder, die Artikel im »Fortschritt« sind meine Zeugen.

Paul (schroff). Und was ist das Alles am Ende? dasselbe muthwillige Spielen mit dem Dasein, wie bei allen Anderen. Sie verzeihen wohl, daß ich nicht mitspiele.

Faust. (steht auf, sieht Paul an, wirft die Cigarrette in den Kamin' und geht nach vorne r. bis zur Rampe). Paul, jetzt waren Sie hart gegen mich.

Paul (steht auf und geht nach vorne rechts bis zur Rampe).

Faust. (bescheiden). Ich verkenne nicht, daß der Mann über dem Weibe steht.

Paul. Wie das Weib über dem Mann — jedes in seiner Sphäre. Glauben Sie aber, daß eine Mutter in dem Haushalt der Natur weniger bedeutet als ein guter Anwalt oder ein gelehrter Lehrer! Ueber jedem Herde, an dem ein Weib in treuer Liebe waltet, stehen die heiligen Laren des menschlichen Geschlechtes, Natur und Poesie. — Ich fange an an eine andere Zukunft des Weibes zu glauben, aber verlangen Sie von mir nicht Ehrfurcht für jene Emancipation, wie sie sich uns jetzt in einzelnen Exemplaren darstellt, als eine Krankheit oder ein cofettes und frivoles Spiel.

Faust. (wendet sich heftig, so daß sie dem Publicum den Rücken kehrt, und sieht Paul von der Seite an). Zu welcher Sorte rechnen Sie mich?

Paul. (ruhig). Zu keiner.

Faust. (mit Humor). Für was sehen Sie mich also an?

Paul (warm). Für eine ganze Frau.

Faust. (sieht ihn stumm an).

Paul. Oder — erlauben Sie, daß ich grob werde — man drückt sich da am deutlichsten aus — für ein Normalweib.

Faust. (lacht).

Anna (von links). Herr von Mollwitz ist im Vorsaal und läßt fragen, wie sich die Frau Baronin befinden.

Faust. Vortrefflich!

Anna (links ab).

Faust. (geht zum Kamin). Ihr Thee ist kalt geworden. (Sie gibt ihm eine neue Tasse.) Sie sind hart. Sie müssen manches Bittere erfahren haben. Wollen Sie sich zurückhaltender zeigen, als ich es gegen Sie war?

Paul. Gewiß nicht, Sie haben ein Recht auf mein Vertrauen. Aber meine Geschichte ist nicht amüsant.

Faust. (rasch). Ich will sie hören. (Milde.) Ich bitte Sie darum. (Sie setzt sich auf den Divan.)

Paul (sich ihr nähernd). Mein Vater war ein Bauer, tief im Gebirge, meine Kinderstube der grüne Wald. Der Pfarrer fand, daß ich einen guten Kopf hatte und man schickte mich in die Schule. Ich hatte kaum selbst etwas gelernt, so mußte ich Andere unterrichten für das tägliche Brod, denn mein Vater war alt und arm. So arbeitete ich mich durch bis zum Polytechnicum. Ich wollte Landwirth werden. Es war der heimatliche Wald, der feierlich um mich rauschte auf der Schulbank, in einsamen Nächten und später in Reih' und Glied — er schien mich zu rufen, zu laden. Ich wohnte in einer kleinen Dachstube, flickte mir meine Stiefel selbst, aber ich war glücklich, denn ich liebte (er stockt und führt dann mit zitternder Stimme fort) ein Mädchen, so arm, so muthig und fleißig wie ich selbst. Sie war meine Nachbarin, sie arbeitete bei einer Marchande de-Modes. — In einer Frühlingsnacht, die ihren Duft zu allen Dächern emporsandte, wurde sie mein Weib. Ich begann damals für Zeitungen zu schreiben, um ihr das Leben zu erleichtern; wir hatten unsern kleinen dürftigen Haushalt, aber die Poesie strömte aus allen Ritzen. Wir hatten uns lieb, so lieb — und sie hat mich doch verlassen —

Faust. (bei Seite). Ich ahne.

Paul (nachdem er sich auf einen Sessel neben Faustina niedergelassen hat). Ihre Phantasie war immerfort mit Bildern von Ruhm und Pracht erfüllt. Da kam eines Tages ein parfümirtes Billet von einem Banquier, sie zeigte es mir und lachte, aber bei dem zweiten lachte sie nicht mehr und wurde still und traurig. (Pause.) Ich lag vor ihr auf den Knieen und bat sie, mich nicht zu verlassen, aber sie hatte kein Erbarmen mit mir — sie ging doch. (Er legt einen Augenblick die Hand über die Augen.) Arme Madeleine!

Faust. (aufgeregt). Madeleine!

Paul (betroffen). Was haben Sie?

Faust. Nichts! Nichts! Fahren Sie fort!

Paul. Mitten aus meinen Studien riß mich der Krieg. Ich kehrte zurück mit zerschossenem Arme.

Faust. (mit leidenschaftlicher Theilnahme). Gelähmt!

Paul (nimmt den rechten Arm mit dem linken und betrachtet ihn). Es ist nicht der Rede werth. Ich kann ja noch arbeiten. Nur hieß es wieder von vorne anfangen — so fand mich Ihre Annonce. (Pause.)

Faust. Haben Sie Madeleine seitdem nicht mehr gesehen?

Paul. Nein.

Faust. Aber Sie lieben sie noch?

Paul (traurig). Nein!

Faust. O! Sie lieben sie.

Paul (fest). Nein.

Faust. Und wenn Sie sie wiedersehen?

Paul. Ich werde sie nicht wiedersehen. (Kleine Pause.)

Faust. Besuchen Sie das Theater?

Paul. Nein. (Lächelnd.) Aber wie kommen Sie darauf? (Er steht auf.)

Faust. (steht auf, geht bis zum Fenster links und blickt hinaus). Jetzt verstehe ich Ihre Anschauung des Lebens, sie ist herb — aber wahr und männlich.

Paul. Ich mache mir keine Illusionen, nicht über die Welt, nicht über die Menschen, nicht über mich selbst.

Faust. Und doch ist Ihr Herz voll Liebe.

Paul (kommt rechts bis vorne, warm). Ja, ich liebe meine Brüder auf der weiten Erde — in Stadt und Dorf, »im stillen Busch, in Luft und Wasser,« denn wir sind nicht da um Gott zu dienen, sondern Einer dem Andern. Nach Jahrhunderten, welche von dem Blute der Menschheit dampfen, kommt Licht und Segen über uns durch Erkenntniß, Arbeit, Frieden, Gleichheit, und Alles was dem entgegensteht, was ganzen Geschlechtern frech das Dasein verkümmert, hasse ich deßhalb aus ganzer Seele. Man hat die Völker vor Allem durch materielle Fesseln geknechtet. Der Pflug, das Werkzeug und die Dampfmaschine sind die Waffen, mit denen wir den Sieg erringen werden.

Faust. (sieht ihn lange an, Pause, dann geht sie gegen den Kamin). Es ist bald Mitternacht; mir ist die Zeit vergangen wie ein Augenblick. (Sie wendet sich zu Paul und bietet ihm die Hand; herzlich.) Gute Nacht.

Paul (ihre Hand drückend, warm). Gute Nacht. (Verneigt sich, geht bis zur Thüre r.)

Faust. (bleibt, den Arm auf den Kamin gestützt, in Gedanken stehen). Paul!

Paul. Sie befehlen? (Kehrt zurück.)

Faust. (ohne ihre Stellung zu verändern). Haben Sie seitdem geliebt?

Paul. Nein.

2*

Fauſt. (wie oben). Und jetzt?

Paul. Jetzt. (Er blickt ſtumm vor ſich hin.)

Fauſt. (geht langſam vom Kamin bis zu ihm und legt ihm die Hand auf die Stirne, liebevoll). Ihr Kopf iſt heiß. Gehen Sie ſchlafen. Gute Nacht.

Paul (verneigt ſich ſtumm).

Fauſt. (geht bis zur Thüre links, dort wendet ſie ſich). Noch Eines. (Sie kommt links bis zur Rampe vor.) Sie ſind ein Mann, der ein freies Weib neben ſich dulden kann — würden Sie eine Emancipirte zum Weibe nehmen?

Paul (ruhig). Nein!

Fauſt. (den Arm drohend erhoben mit Humor). »Das ſollſt Du am Kreuze bereuen!«

Der Vorhang fällt.

3. Act.

(Großer Salon bei Fauſtina wie im 1. Act, auf dem Tiſch im Hintergrunde liegen zwei kleine Zimmerpiſtolen, eine kleine Piſtolenſcheibe und die entſprechenden Ladungen.)

1. Scene.

Fauſt. (in dunklem Soiréekleide). **Jud.** (in pompöſem Soiréekleide von greller Farbe ſitzen an dem Tiſch links).

Fauſt. (legt das Manuſcript auf den Tiſch). Nun, was ſagen Sie zu meiner Rede?

Jud. (ſpringt auf, kniet vor Fauſtina nieder und umſchlingt ſie). Ich bin entzückt, ich bin begeiſtert. Fauſtina, Sie ſind ein großes Weib.

Fauſt. (ſie auf die Stirne küſſend). Nur etwas ſchlau und ein wenig tapfer.

Jud. (ſteht auf). Ach! wenn ich ſo eine Rede halten könnte, aber wenigſtens will

ich ſie meinem Papa ordentlich einbläuen, er ſoll ſprechen wie ein Buch. (Sie nimmt die Rede.) Sie gehört alſo jetzt mir die ſchöne Rede.

Fauſt. Ja, Ihnen, mein liebes Kind, machen Sie damit, was Sie wollen. (Sie geht in den Hintergrund, tritt vor den Spiegel und ordnet ihre Toilette.)

Jud. Sie empfangen heute Abend große Geſellſchaft?

Fauſt. (wie oben). Nein, aber warum ſo diplomatiſch, liebe Judith. Ihre Frage gilt doch nur Einem.

Jud. Wem alſo? — rathen Sie.

Fauſt. (wie oben). Mollwitz!

Jud. Fehlgeſchoſſen! Fehlgeſchoſſen! (Lacht und ſpringt herum.)

Fauſt. Wem alſo?

Jud. Herrn Paul Urban.

Fauſt. (wendet ſich raſch, ſieht ſie an). **Jud.** Wird er da ſein?

Fauſt. (kommt vorwärts). Er gefällt Ihnen?

Jud. (zutraulich). Sehr. — Er iſt intereſſant. Nicht? — Und Augen hat der Menſch! —

Fauſt. Er wird kommen.

Jud. Haben Sie damals bemerkt, wie Madeleine umſank, als er eintrat. So — (ſie parodirt es.) Es war eine himmliſche Scene wie aus einem Roman. Glauben Sie nicht — (ſie unter dem Arme nehmend, geheimnißvoll) daß da — ſo etwas — hm! hm! (Zuckt die Achſeln.)

Fauſt. Gewiß iſt da ein Zuſammenhang, den ich weiter verfolgen will. Madeleine hat ihn geſehen, aber er ſie nicht — und er ſoll, er muß ſie ſehen — und heute noch.

Jud. Bedenken Sie, wenn es ein Unglück gibt.

Fauſt. Ich verantworte es. Die Geſchichte macht mir ein diaboliſches Vergnügen.

Jud. Sie ſind grauſam.

Fauſt. (energiſch). Ich bin nicht ſentimental. Dieſer Paul iſt mehr als wir

Alle ahnen. Ich will klar sehen, den Schleier seines Geheimnisses mitten entzweireißen, ich will wissen, ob er dieses Weib liebt. Ich muß es wissen.

Jud. (verbirgt ihr Gesicht an Faustina's Brust). Ich fürchte mich vor Ihnen.

Faust. Kind! (Pause.)

2. Scene.

Vorige. Paul (von links).

Paul. Sie haben befohlen.

Faust. (vorstellend). Herr Paul Urban — Fräulein Judith Salomon. — Ich empfange heute Gesellschaft und lade Sie ein, zu erscheinen.

Paul. Vergeben Sie, Frau Baronin —

Faust. (einfallend). Sie lehnen ab?

Paul. Ich passe nicht in die Gesellschaft.

Faust. Sagen Sie, die Gesellschaft paßt Ihnen nicht.

Paul. Nein.

Faust. (entschieden). Ich will aber, daß Sie kommen —

Jud. (lebhaft). Ja, wir wollen, daß Sie kommen —

Paul. Ja, Sie sind gütig — aber die Anderen thäten das Aeußerste, wenn sie sich zu mir herabließen — und das ertrüge ich nicht. Vergeben Sie also.

Jud. Wir wollen aber, daß Sie da sind — gerade Sie.

Faust. (mit dem Fuße stampfend). Ich will es.

Paul (mit dem Finger drohend). Tyrannin!

Faust. (weich). Ich bitte Sie darum.

Paul (sich verneigend). Das Uebrige ist — gehorchen. (Verneigt sich, ab links.)

3. Scene.

Faustina. Judith.

Jud. (ihm nachsehend). Der sollte die Rede halten, das wäre ein Deputirter! (Lebhaft zu Faustina.) Wie haben Sie das gemacht? (Stampft mit dem Fuße, imitirt Faustina.) »Ich will es« — und dann — (Faustina imitirend.) »Ich bitte Sie darum.« (Paul imitirend.) »Das Uebrige ist — gehorchen.« — Das muß ich mir merken.

Faust. (lacht und setzt sich auf das Sopha in der Mitte).

Jud. (senkt den Blick wie in Gedanken, bleibt vorne stehen). Ein Mann, wie sie in den Büchern stehen.

Faust. (den Kopf zu ihr wendend). Paul?

Jud. Ja. So stelle ich mir den Dr. Faust vor.

Faust. Und Sie würden ein reizendes Gretchen geben.

Jud. (schüttelt den Kopf ernst). Nein, das endet schlecht. Aber er ist auch wie Hermann.

Faust. (droht). Ei sieh! und Dorothea ist auch ein Frauenzimmer.

Jud. (lebhaft). Freilich und das endet gut.

Faust. (sieht Judith überrascht an). Kind!

Jud. Ich bin doch kein Kind mehr.

Faust. (steht auf, geht bis zu ihr, legt ihr beide Hände auf die Schultern und sieht ihr in die Augen, ernst). Wahrhaftig — nein! Was wird aber Mollwitz dazu sagen?

Jud. Mollwitz? (Halblaut, sehr rasch.) Denken Sie, er hat mir einen Brief geschrieben!

Faust. Mir auch, Judith.

Jud. (wichtig). Ja — aber was für einen Brief er mir geschrieben hat!

Faust. Nun, einen Liebesbrief.

Jud. (erfreut). Ja! — und Ihnen? — (Nimmt sie unter den Arm.)

Faust. Mir auch.

Jud. Und —

Faust. Er hat Sie um Ihre Hand gebeten.

Jud. Sie auch?

Faust. Mich auch.

Jud. Ah! — Hören Sie also. (Sie zieht den Brief aus der Brust und liest:) Himmlische! Angebetete!

Faust. (sie unterbrechend, mit heiterer Ruhe). Grausame!

Jud. Woher wissen Sie das?

Faust. Genau so fängt mein Brief an.

Jud. Hören Sie nur weiter. (Liest.) „Wie lange wollen Sie mich noch quälen — mich, der tödtlich verwundet zu Ihren Füßen liegt und um Gnade bittet."

Faust. (bricht in lautes Lachen aus — geht auf und ab — sucht sich zu fassen und beginnt immer von Neuem zu lachen). Ha! ha! ha! ha!

Jud. (lacht mit). Ha! ha! ha! ha! — Ich lache mit, aber ich weiß nicht, weßhalb lachen wir eigentlich?

Faust. (unter Lachen). Ha! ha! ha! ha! — Mollwitz! (Sie zieht ihren Brief aus der Brust.) Ha! ha! ha! — Hören Sie — Ha! ha! ha! — (Sie entfaltet den Brief.) Ha! ha! ha! Ich kann nicht. (Sie reicht ihn Judith und nimmt dafür ihren, sieht ihn an und bricht wieder in lautes Lachen aus.) Ha! ha! ha!

Jud. (liest). „Ja ich liebe Sie, Himmlische —" das ist ja mein Brief.

Faust. (lachend). Nein, der meine!

Jud. (liest). „Ich kann nicht länger leben ohne Sie!" —

Faust. (heiter). Jetzt, das ist wahr. Er muß sich am Ende erschießen, wenn nicht eine von uns — seine Schulden zahlt.

Jud. Ah! (Sie liest.)

Faust. (ganz nahe neben Judith stehend, liest gleichfalls). „Ich kann nicht länger leben ohne Sie. Wenn ich Ihre Blicke —

Jud. (sehr rasch lesend). „Ihre Worte mißverstanden habe —"

Faust. (ebenso). „Unterschreiben Sie."

Jud. „Mein Todesurtheil."

Beide (zugleich lesend). „Die Pistolen sind geladen."

Jud. (nimmt rasch Faustina den Brief und gibt ihr dafür den ihren).

Faust. „Aber Sie sind ein Engel."

Jud. „Sie werden mich nicht der Verzweiflung preisgeben."

Faust. „Sie werden mich mit Ihrer kleinen Hand zu allen Himmeln empor-heben."

Jud. (wieder die Briefe tauschend, sehr rasch). „Sie werden mir erlauben. daß ich diese schöne Hand —"

Faust. „Nicht mehr loslasse. Lassen Sie mich ewig Ihre Fesseln tragen —"

Jud. (wieder die Briefe tauschend, sehr rasch). „Und Ihren Sclaven sein."

Faust. „Ihr von Liebeswahnsinn um-nachteter —"

Jud. Wo er das Wort her hat? —

Beide. „Hannibal von Mollwitz!"

Judith. „Nachschrift." Haben Sie auch eine Nachschrift? —

Faust. (die Briefe tauschend). „Nach-schrift."

Beide (lesend). „Die Pistolen sind ge-laden."

Jud. Glauben Sie, daß er sich er-schießen wird?

Faust. Was fällt Ihnen ein!

Jud. (feierlich). Die Pistolen sind ge-laden!

Faust. Meinetwegen.

Jud. Wenn er sich aber doch erschießt?

Faust. (heiter). So geschieht es, um sich vor seinen Gläubigern in ein besseres Land zu flüchten — denn ihre Zahl ist Legion! (Sie geht auf und ab.)

Jud. Wollen Sie sein Blut verspritzen?

Faust. Nun, das Unglück für die Menschheit wäre nicht so groß. (Diabolisch.) Nur nicht sentimental werden, meine Kleine!

4. Scene.

Vorige. Anna.

Anna. Herr von Mollwitz.

Faust. (höhnisch). O! willkommen! höchst willkommen! — Lassen Sie uns allein, Judith, ich werde mit ihm gleich fertig sein.

Jud. (leise zu ihr). Nur kein Blut.

Faust. (lachend). Nein! Nein! (Zu Anna.) Eintreten!

Anna (öffnet die Thüre).

Jud. (läuft zur Thüre rechts und kehrt rasch zurück. — Laut.) Vergessen Sie nur nicht — (leise) die Pistolen sind geladen. (Läuft rechts ab.)

Anna (links ab).

5. Scene.

Faustina. Mollwitz.

Faust. (sitzt auf einem Fauteuil rechts).

Mollw. (schwarz gekleidet von links, verneigt sich, kommt vor, bei Seite). So mag es einem vor der ersten Schlacht zu Muthe sein. (Sieht Faustina an.) Sie ist aber auch schön wie der Teufel.

Faust. Haben Sie mir etwas zu sagen?

Mollw. Wer? — Ich? —

Faust. Wer sonst? —

Mollw. (für sich). En avant, enfants de la patrie! (Er nähert sich ihr.) Baronin! Was habe ich zu erwarten? — Tod oder Leben? —

Faust. Die Pistolen sind geladen.

Mollw. (dreist). Ja, sie sind geladen. denn ich liebe Sie, Faustina, ich bete Sie an. (Er kniet vor ihr nieder.)

Faust. (mit herzlichem Lachen). Ha! ha! ha! Sie lieben mich — Ha! ha! ha!

Mollw. (piquirt). Was finden Sie da so Komisches daran?

Faust. (lachend). Stehen Sie doch auf. Reden Sie doch vernünftig, nicht so altväterisch. (Gebieterisch.) Stehen Sie doch auf!

Mollw. (steht auf).

Faust. Sie bewerben sich um meine Hand.

Mollw. Nun — ja, Frau Baronin.

Faust. (weist ihm den Fauteuil vis-à-vis an). Bravo! So reden wir modern, das heißt vernünftig. Was bieten Sie mir also?

Mollw. Ein Herz voll Anbetung, die Gesinnungen eines Sclaven —

Faust. Ich bitte, bleiben wir modern.

Moll. (bei Seite). Sie ist verteufelt praktisch. (Laut.) Ich bin Edelmann, Gutsbesitzer —

Faust. Christ!

Mollw. (erstaunt). Christ — ja wohl — ich besitze eine Rente von 4000 Thalern.

Faust. Was haben Sie gelernt?

Mollw. Gelernt? Ich? — gelernt —

Faust. Ja. Ich will wissen, was Sie selbst sind, durch sich, ohne Ihre Rente, ohne Ihr Wappen — was haben Sie gelernt?

Mollw. (bei Seite). Was sie nur will. (Laut.) Ich reite, ich bin der beste Pistolenschütz im ganzen Kreise — (stockt).

Faust. Sie tanzen und rauchen wohl auch. Das kann ich aber alles selbst, Herr von Mollwitz, und noch etwas dazu; aber was wissen Sie, was leisten Sie, was ich nicht weiß, nicht kann — wir Frauen verlangen vom Manne, daß er etwas ist, was uns unerreichbar scheint. (Betrachtet ihn mit einem Lächeln; dann nimmt sie eine Zeitung und liest.) (Pause.)

Mollw. (steht auf, geht bis zur Rampe, für sich). Ich glaube, ich habe einen Korb bekommen. Bah! mir bleibt noch Judith, die hat noch mehr — Geist. (Macht mit den Fingern die Bewegung des Geldzählens.)

Faust. (steht auf, kommt zu Mollwitz und nimmt seinen Arm, leise). Sind die Pistolen wirklich geladen?

Mollw. (ernst). Ja, das sind sie.

Faust. Nun, dann erschießen Sie sich.

Mollw. (starr). Erschießen!

Faust. (mit grausamem Humor). Es ha

sich noch Niemand meinetwegen erschossen. Machen Sie mir die Freude. Ich möchte das doch einmal erleben. (Sie läßt seinen Arm los.) Im Uebrigen bleiben wir aber gute Freunde, nicht wahr, lieber Hannibal? (Bietet ihm die Hand.)

Mollw. (starr). Erschießen?

Faust. (mit grausamen Humor). Ich habe Ihr Wort, und — die Pistolen sind geladen.

Mollw. (verwirrt, wischt sich die Stirne mit dem Tuche). Muß ich mich wirklich erschießen?

Faust. (wie oben). Zweifeln Sie daran?

Mollw. (aufgeregt). Sie unterschreiben also mein Todesurtheil?

Faust. (wie oben). Ich unterschreibe.

Mollw. (außer sich). Es würde Ihnen einen Spaß machen!

Faust. (wie oben). Einen ungeheuren Spaß. (Sie lacht.) Ha! ha! ha! ha!

Mollw. (boshaft). Dann erschieße ich mich gerade nicht, aus reiner Bosheit erschieße ich mich nicht, nur um Ihnen den Spaß zu verderben.

Faust. (geht lachend zu dem Sopha in der Mitte und setzt sich, den Rücken gegen das Publicum). Ha! ha! ha! ha!

6. Scene.

Vorige. Judith. Haase. Fanni. Margarethe. Bernard. Salomon. Graf. (Alle in Salontoilette.)

Jud. Da bringe ich Ihnen Ihre Gäste, Baronin.

(Begrüßung.)

(Alle bilden eine Gruppe um Faustina.)

Jud. (hat sich indeß zu Faustina gesetzt, ängstlich). Wird er sich erschießen?

Faust. (sentimental, laut). Denken Sie nein, und ich habe ihn doch so schön darum gebeten. (Ueber die Lehne zu Mollwitz.) Nicht wahr, Mollwitz?

Mollw. (bei Seite). Sie zerfleischt mich. (Laut, boshaft.) Wenn unsere Löwin Blut trinken will, muß sie sich ein anderes Opfer suchen.

7. Scene.

Vorige. Horn (von links eilig).

Horn. Triumph! Triumph!

Marg. (kommt mit Bernard rechts nach vorne).

Mollw. (beugt sich über die Lehne zu Judith).

Jud. (steht auf und geht mit ihm im Gespräche zu dem Sopha links, wo sie sich setzt).

Horn (sehr rasch). Ihr Artikel, Baronin, macht Sensation; der clericale »Volksbote« bringt eine geharnischte Entgegnung. Sie müssen erwidern, der gestrige »Fortschritt« ist vergriffen — eben neue Auflage gedruckt. —

Alle. Bravo! Bravo!

(Die Gruppe um Faustina in lebhaftem Gespräche.)

Marg. (leise zu Bernard). Du hast hier Niemandem den Hof zu machen als mir.

Bern. Aber —

Marg. Weder der Baronin, noch Madeleine, noch sonst Jemand.

Bern. Du behandelst mich wie Deinen Sclaven.

Marg. Willst Du mich böse machen?

Bern. (ihre Hand fassend). Nein, mein süßes, liebes Gretchen!

Marg. Willst Du gehorchen?

Bern. Ja.

Marg. So, jetzt darfst Du mich morgen dafür ins Theater führen. (Sie gehen nach rückwärts.)

Jud. (zu Mollwitz). Und Sie sind wirklich in mich verliebt?

Mollw. Rasend!

Jud. Sie Armer! Sie müssen sehr viel Schulden haben.

Mollw. (vernichtet). Schulden — ich — mein Fräulein — O! das ist eine neue Teufelei von der Baronin — sie will mein Blut sehen — aber sie hat sich verrechnet — ich erschieße mich nicht.

Jud. (naiv). Aber Ihre Pistolen sind doch geladen.

Mollw. Ich bitte Sie, hören Sie auf mit den Pistolen. (Sie gehen zur Gesellschaft.)

8. Scene.

Vorige. Madeleine.

Mad. (von links, in einem schweren dunklen Seidenkleide, decolletirt). — (Begrüßung.)

Faust. Endlich! Ich habe schon besorgt, daß Sie nicht kommen, Madeleine.

Mad. Sie sind sehr liebenswürdig. (Zu Bernard, sie ergreift seine Hände und führt ihn rechts an die Rampe.) Ich bin wie im Fieber, Bernard, wie gefällt Ihnen meine Toilette? Bin ich schön? — Sagen Sie mir, daß ich schön bin — ich will, ich muß schön sein.

Bern. So seltsam schön wie heute habe ich Sie noch nicht gesehen.

Mad. O! Ich danke Ihnen. (Sie geht nach rückwärts rechts und tritt vor den Spiegel.)

Horn. Was steht für heute auf der Tagesordnung, Frau Baronin? —

Faust. Ich habe da ein paar Zimmerpistolen nach neuem System, die wollen wir versuchen. (Sie steht auf, holt die Pistolen und die Ladungen und legt sie auf den Tisch rechts.)

Graf. (folgt ihr und betrachtet die Pistolen). Haben wir eine Scheibe?

Faust. (mit dem Kopf hindeutend). Dort.

Graf. (holt die Scheibe).

Faust. Wir befestigen sie in der Mitte der Wand. (Sie stellt sich hinter das Sopha.)

Graf. (befestigt die Scheibe).

Faust. So — hier soll unser Schießstand sein — ich bitte. — Alle (gruppiren sich vorne).

Marg. Fanni. (auf dem Sopha rechts). Haase. Bern. Horn. (stehen bei ihnen). Sal. (setzt sich an den Tisch links). Mollw. (neben ihm).

Graf. (kommt zu dem Tische links und ladet die Pistolen).

Faust. Jud. (vorne in der Mitte).

Mad. (geht rechts bis zur Rampe vor). Er ist noch nicht da. Aber er wird kommen, mir sagt es diese Unruhe in meinen Adern. — Liebt er mich noch? (Stolz.) Bin ich nicht schön? Er muß mich lieben er wird zu meinen Füßen liegen, wie ein Sclave!

Graf. (präsentirt die Pistolen Faust und Jud.)

Faust. (nimmt eine und gibt sie Madeleine).

Mad. (die Pistole haltend). Ich soll —

Faust. Machen Sie den Anfang.

Horn. Wenn Sie so sicher zielen wie auf Männerherzen, Madonna, dann wette ich auf Schwarz.

Mad. (tritt zur Lehne des Sophas und zielt).

Faust. (zu Judith leise). Wo bleibt nur Paul?

Jud. (leise zu Faust). Er kann jeden Augenblick eintreten, mir steht das Herz still in der Brust.

Mad. (setzt ab). Ich kann nicht, mir zittert die Hand.

Graf (leise zu ihr). Soll ich Ihnen sagen warum?

Mad. (zuckt höhnisch die Achseln). Schießen Sie doch, Judith. (Geht nach vorne.)

Jud. Bitte, ja. (Sie stellt sich auf und zielt.) Ist es so recht?

Faust. (zeigt ihr, wie sie zu schießen hat).

Graf (zu Madeleine). Sie erwarten jenen Mann.

Mad. (fest). Ich erwarte ihn.

Graf (leise). Sie jagen mir dieß?

Mad. Ich liebe ihn.

Graf (höhnisch). Fragen Sie ihn, ob er Sie liebt.

Mad. Das werde ich.

Graf (auffahrend). Madeleine! (Leise.) Und wenn er sich besinnt, die Geliebte des Grafen Kollzoff zu lieben, und er wird sich besinnen!

Mad. (mit trockenem Lachen). Glauben Sie? — Dann werde ich mich besinnen, daß ich Ihre Herrin bin — und Sie werden mein Sclave bleiben.

Graf. Sie könnten sich täuschen!

Mad. (mit überlegenem Lachen). Sie werden mein Sclave bleiben und um so gewisser, je weniger ich Sie liebe. Ha! ha! ha! (Sie geht zum Tisch rechts.)

Jud. (schießt, läßt die Pistole fallen, hält sich nach dem Schusse die Ohren zu und duckt sich bis auf den Boden).

Sal. (eilt zur Scheibe).

Jud. (macht langsam die Augen auf). Habe ich getroffen?

Sal. Freilich hast Du getroffen, die Wand hast Du getroffen, meine Tochter.

Jud. Ah! (Sie springt auf und zur Scheibe.) Richtig, die Wand. (Kehrt zurück.)

Faust. (zu Fanni und Marg.) Nun, meine Damen?

Fanni. Marg. Wir danken sehr.

Faust. Madeleine!

Mad. Der Schuß ist an Ihnen, Baronin.

Faust. (tritt an die Lehne und zielt).

9. Scene.

Vorige. Paul (schwarz gekleidet von rechts, er bleibt in der Thür stehen und sieht Faustina zu).

Jud. (erblickt ihn, sieht auf Madeleine). Mein Gott!

Graf (Madeleine firirend). Sie erbleicht.

Mad. (sieht Paul, wendet sich rasch, so daß er sie nicht sehen kann, und hält sich an dem Tisch rechts fest). Er ist es — meine Kniee beben.

Faust. (schießt).

Paul (geht rasch zur Scheibe und deutet auf das Centrum). Schwarz — vortrefflich geschossen. (Langsam vorgehend.) Eine ruhige Hand bedeutet ein ruhiges Herz.

Graf (Madeleine ansehend, bitter). Sehr richtig bemerkt, mein Herr.

Paul (ihn begrüßend). Herr Graf! (Sich gegen die Gesellschaft verneigend.) Meine Damen —

Alle (danken sehr artig bis auf Madeleine.)

Paul (tritt vor und sieht Madeleine an).

Mad. (stellt sich immer so, daß er ihr Gesicht nicht sehen kann).

Faust. (folgt Pauls Blick). Was haben Sie?

Paul (zu ihr, die Achseln zuckend). Sehen Sie doch die Dame, die mir den Rücken kehrt.

Faust. (mit Beziehung). Sie wird ihre Gründe haben.

Paul. Der Gruß des Plebejers ist doch auch ein Gruß.

Faust. Das ist es nicht.

Paul. Was sonst? —

Faust. (zu Madeleine). Ich stelle Ihnen Herrn Paul Urban vor, einen Mann, den ich hochschätze, den ich liebe.

Paul (verneigt sich vor Madeleine).

Mad. (klammert sich an den Tisch und verneigt sich, von ihm abgewendet, sehr tief — dann geht sie nach rückwärts und tritt vor den Spiegel).

Paul (zwischen dem Grafen und Faust.; firirt Madeleine). Wer ist diese Dame?

Faust. Sie kennen unsere gefeierte Primadonna nicht?

Paul (Madeleine immerfort firirend). Ich besuche das Theater nicht; aber diese Dame —

Faust. Eine berühmte Künstlerin.

Graf (leise zu Paul, fein lächelnd). Meine Geliebte —

Paul (Madeleine fixirend). Ich wünsche Ihnen Glück, die Gestalt einer Despotin. Ich liebe solche Frauen. Und diese wunderbaren Locken!

Faust. (sieht ihn an, nimmt die Pistolen und legt sie auf den Tisch).

Graf. Befehlen Sie, daß ich lade?

Faust. Ich bitte.

Paul (sich fassend). Erlauben Sie, daß ich Ihnen helfe.

Graf. Ich bin sehr verbunden. (Ladet die eine Pistole.)

Paul (die zweite Pistole ladend, den Rücken gegen Madeleine).

Marg. (zu Bernard). Und Du hast doch mit ihr gesprochen.

Bern. (fest). Und ich werde wieder mit ihr sprechen. (Geht in den Hintergrund zu Madeleine.)

Paul (geht mit der Pistole bis in die Mitte vorne). An wem ist der Schuß?

Mad. Bern. (kommen rechts nach vorne, ohne daß Paul ihr Gesicht sieht).

Faust. Der Schuß ist an Ihnen — Madeleine!

(Die Stellung ist in diesem Augenblick von links nach rechts.) — (An dem Tische links) Sal. Moll. Graf. — (In der Mitte) Paul. Faust. Jud. — (Rechts am Sopha) Marg. Fanni. — (Hinter ihnen) Haase. Horn. — (Rechts vorne) Bern. Mad.

Paul (erregt, mit halber Stimme). Madeleine! (Er geht entschlossen vorne bis zu Madeleine, die sich von ihm abwendet, und reicht ihr die Pistole.)

Mad. (will, das Haupt auf die Brust gesenkt, an ihm vorbei).

Paul (blickt ihr in demselben Momente in's Gesicht, schreit auf). Madeleine!

(Allgemeine Bewegung.)

Alle (welche sitzen, stehen auf).

Paul (weicht nach links zurück, schmerzhaft, beinahe tonlos). Madeleine!

Mad. (hebt stehend den Blick und die Hände zu ihm empor).

Paul (faßt sich, sieht Mad. von oben bis unten voll Verachtung an, geht dann rasch zur Thüre links, die er öffnet).

Mad. (wankt und hält sich an der Lehne des Sophas in der Mitte fest).

Graf (eilt zu ihr und unterstützt sie). Fassen Sie sich!

Faust. (Madeleine fixirend). Was ist Ihnen? — Was hat das zu bedeuten?

Fanni. Marg. Welcher Scandal!

Horn. Eine pikante Notiz!

(zugleich)

Paul (an der Thür ruhig). Den Wagen des Herrn Grafen.

Graf (zu ihm gewendet, energisch). Mein Herr!

Paul (wie oben). Diese Dame hat Ihren Wagen befohlen.

Mad. (mit zitternder Stimme, aber sich aufrichtend). Sie irren sich, ich bleibe.

Paul (rasch von links vorkommend). Sie wollen dieses Haus nicht verlassen?

Alle. Ah! (Bewegung.)

Faust. Was thun Sie?
Paul. Meine Pflicht.
Graf. Mit welchem Rechte?

(zugleich)

Paul. Mit dem Rechte jedes Mannes von Ehre. (Sehr ruhig.) Ich bitte Sie, Madeleine, gehen Sie.

Mad. (wendet sich mit einem Blick voll Schmerz auf Paul zum Gehen).

Graf (befehlend). Sie bleiben!

Paul (kalt). Diese Dame paßt nicht in dieses Haus, Herr Graf — das müssen Sie am besten wissen. —

Graf (hochfahrend). Wer wagt es —

Paul (ihn scharf unterbrechend). Sie selbst haben es gewagt, diese Dame vor wenig Augenblicken Ihre Geliebte zu nennen.

(Allgemeine Bewegung.)

Zugleich. {
Marg. Fanni (zu Haase). Gehen wir.
Fauft. Herr Graf!
Mollw. Verteufelt!
Graf. Herr!
Mad. (den Arm des Grafen faffend, herrifch). Kein Wort mehr!
}

Bern. (vortretend). Wenn Sie das Weib nicht fchonen wollen, fo achten Sie das Genie, achten Sie die Kunft —

(Die Stellung ift jetzt von links nach rechts.) Sal. (in 2. Linie), Mollw. (in 2.), Jud. (in 1. Linie), Fauft. (1.), Paul (1.), Mad. (1.), Graf (1.), Bern. (1.), Horn (2.), Marg. (2.), Haase (2.), Fanni (2.).

Paul (zur Gefellschaft gewendet). Sie glauben, daß ich diefem Weibe Unrecht thue. Ich bin Ihnen alfo eine Erklärung schuldig.

Graf. Kommen Sie.

Mad. (nimmt den Arm des Grafen).

Paul (gebieterifch). Bleiben Sie, jetzt bleiben Sie, und ftrafen Sie mich Lügen, wenn Sie können.

Mad. (bleibt, von feinen Augen gebannt).

Paul (mit voller Empfindung). Ich habe diefes Weib geliebt — geliebt mit aller Zärtlichkeit, mit aller Treue, allem Wahnfinn eines jungen, reinen Herzens — und fie — fie hat mich auch geliebt —

Mad. (wendet fich vernichtet ab).

Paul. Wir waren arm, aber glücklich. Wir hatten unfer Neft hoch oben unter dem Dache gebaut wie zwei verliebte Schwalben. Ich war ihr Gatte, ihr Freund, ihr Bruder! Ich habe für fie gearbeitet, gehungert, gefroren — fie aber hat mir einen Fußtritt gegeben wie einem Sclaven — fie hat mich verrathen — und das Lächerlichste ist, fie hat mich doch geliebt!

Mad. (mit einem verzweifelten Entschluß) Und ich liebe Dich noch!

(Allgemeine Bewegung.)

Paul (außer fich). Nein! — Nein! — Du liebft mich nicht. Du kannft nicht lieben — nimm es zurück, Du haft mich nicht geliebt!

Graf (roh, zu Madeleine). Ihren Arm!

Paul (zart). Gehen Sie. Ich bitte Sie —

Mad. (fchmerzlich). Paul!

Paul (mit tiefem Ernst). Unfere Wege trennen fich für immer.

Mad. Wir werden uns wiederfehen!

Paul (ernft). Das verhüte Gott!

Fauft. (zu Judith, indem fie ihre Hand faßt, leife, triumphirend). Es ift gekommen, wie ich wollte — er verachtet fie, er liebt fie nicht.

Mad. (indem fie fich zum Gehen wendet, den Rücken gegen das Publicum, drohend). Befinne Dich!

Graf (zwifchen fie und Paul tretend). Ich hoffe die Komödie ift ausgefpielt. Sie werden mir Rede stehen, mein Herr, Sie find mir Genugthuung schuldig, und ich bin der Mann, fie mir zu schaffen.

Mad. (wild, gebieterifch). Wagen Sie es, Graf! — Ich will kein Duell!

Paul. Beforgen Sie nichts. — Ich duellire mich nicht.

Graf. Sie weigern fich —

Paul (ftolz). Ich weigere mich einen Mord zu begehen. Habe ich Ihre Ehre verletzt, dann fuchen Sie den Schutz der Gerichte, wir find Alle gleich vor dem Gefetze, und das gibt Ihnen eine beffere Genugthuung als ein Piftolenfchuß.

Mollw. (zu dem Grafen tretend). Mein Herr, das ift nicht ehrenwerth —

Paul (höhnifch). Vernunft ift immer ehrenwerth, diefe adeligen Vorurtheile aber find albern und verächtlich.

Graf. Sie zwingen mich zum Aeußerften.

Mollw. (heftig). Sie sind ein Feig=
ling! —

Paul (sehr ernst). Das bin ich nicht.
Ich habe im letzten Kriege eine feindliche
Fahne genommen. — (Bitter lachend.)
Es ist traurig genug, daß ich hier damit
prahlen muß!

Mollw. Herr! Sie waren Soldat!
— Sie müssen mir vor die Klinge —
oder —

Paul. Beleidigen Sie mich nicht. Ich
habe zu wenig christliche Milch und zu
viel gesundes Bauernblut in meinen
Adern, die vornehme Welt würde Sie
aus ihren Kreisen ausstoßen, und das
wäre ein Unglück für Sie, denn gelernt
haben Sie wohl nichts Ordentliches.

Mollw. (mißt Paul und geht links ab).

Paul (folgt ihm einige Schritte).

Graf. Mad. (mit einem Blick auf Paul
links ab).

Alle (im Hintergrunde bis auf Faustina).

Paul (kommt nach vorne, jubelnd). Jetzt
ist mein Herz frei — das Gift heraus aus
meiner Seele. — (Zu Faustina herzlich.)
Nur Ihnen will ich Rede stehen. Habe
ich gefehlt — Ihrem Urtheile unterwerfe
ich mich. (Er kniet vor ihr nieder.) Richten
Sie mich!

Faust. (macht eine Bewegung ihn aufzu=
heben).

Der Vorhang fällt.

4. Act.

(Pauls Bureau bei Faustina, Abend. In
der Mitte eine Thüre, rechts und links von
derselben [große Kästen mit Acten; links im
Hintergrunde massiver Ofen mit einem großen
Ofenschirm — vorne eine Thüre; rechts ein
Fenster. Rechts ein großer Schreibtisch, vor
demselben ein Stuhl, rechts vom Schreibtisch
eine massive Cassa, welche offen steht — auf
dem Schreibtisch zwei Lichter.)

1. Scene.

Paul (sitzt an dem Schreibtisch, das Ge=
sicht dem Publicum zugewendet, in Acten und
Rechnungen vertieft).

Judith (in einem kurzen Sammtpaletot
und rundem Sammthut, einen Muff in der
Hand, öffnet die Thüre links und blickt herein;
s. s.). Da ist er — er schreibt. — (Geht leise
bis hinter Pauls Sessel und hält ihm plötzlich
die Augen zu.)

Paul (die Feder weglegend). Soll ich
rathen? — ich wage es nicht.

Jud. (kichert).

Paul. Meine schöne Herrin!

Jud. (läßt ihn los, lacht). Gefehlt! Ge=
fehlt! Herr Paul! — Mich haben Sie
wohl nicht erwartet.

Paul (steht auf). In der That nicht,
mein Fräulein.

Jud. Störe ich Sie?

Paul. Das nicht —

Jud. Aber Sie meinen, es schickt sich
nicht, daß ein junges Mädchen so ohne
Weiteres zu Ihnen kömmt.

Paul (lachend). Wahrhaftig!

Jud. Aber Sie thun mir ja nichts,
nicht wahr, es fällt Ihnen ja gar nicht
ein. Weshalb soll ich also nicht bei Ihnen
sein? — Die Welt! mein Gott! was
kümmert uns Beide die Welt, nicht wahr?
— die kümmert uns so viel! (Sie schlägt
ein Schnippchen.) Die Baronin ist nicht zu
Hause, so bleibe ich da — das ist doch
natürlich — nicht?

Paul (ironisch). Natürlich, wohl —

Jud. Also — ich möchte mich einmal
so recht vom Herzen mit Ihnen ausreden.
(Sie legt ihren Muff auf den Schreibtisch, holt
sich den Sessel links, stellt ihn zu dem Schreib=
tisch und setzt sich.) Wir setzen uns zusam=
men. — Bitte, bitte! —

Paul (verneigt sich und setzt sich auf sei=
nen früheren Platz).

Jud. So — und jetzt — Sie finden
mich wohl recht ungezogen?

Paul. Ich finde Sie reizend.

Jud. Sehen Sie, das schickt sich nicht. Reizend dürfen Sie mich nicht finden. Sonst muß ich gleich fort.

Paul (mit Absicht). Sie sind himmlisch!

Jud. Spitzbube! Sie wollen mich vertreiben! Werden Sie gleich Ruhe geben?

Paul (sie neckend). Dieses Händchen — (Er faßt ihre Hand.)

Jud. (zieht die Hand zurück und schlägt ihn auf die Hand). Ist nicht für Sie!

Paul (sie neckend, sieht sie an). Ihre Blicke verbrennen mein Herz.

Jud. Dann machen Sie die Augen zu. — Sie sind doch recht schlecht — gehen Sie! (Wendet sich ab.)

Paul. Sind Sie böse?

Jud. Reden wir doch vernünftig.

Paul. Ich werde mich bemühen.

Jud. (ernsthaft). Sie scherzen wie der Narr im »Lear« — Sie sind doch recht unglücklich!

Paul (die Achsel zuckend). Wer ist glücklich?

Jud. Madeleine ist ein schlechtes Geschöpf, das Sie vergessen müssen. — Ja, ja! Sehen Sie mich nur groß an — verachten und vergessen! — Ein Mann wie Sie braucht sich doch nicht an so ein Weib zu hängen, das ist gut für unsere blasirten Herren aus dem Almanach von Gotha — aber Sie — Sie werden ein tüchtiges Weib finden, ein Weib, das Geist hat, Herz — ein Weib, das schön ist, aber auch brav wie Sie. (Herzlich.) Ich möchte Sie recht glücklich sehen!

Paul. Sie müssen es werden, mein Fräulein, denn Sie sind gut.

Jud. Wir wollen Freunde werden. Herr Paul, und auch bleiben — für das ganze Leben.

Paul. O! gerne. —

Jud. Geben Sie mir Ihre Hand. (Sie streckt ihm die ihre entgegen.)

Paul (ergreift ihre Hand und küßt sie herzlich).

Jud. (die Augen niederschlagend). Nicht küssen! — das schickt sich nicht!

Paul. Unschuld! — (Pause.)

Jud. (leise, ohne die Augen aufzuschlagen). Lieben Sie Madeleine noch?

Paul (traurig). Nein.

Jud. (lebhaft aufblickend). Ehrlich!

Paul. Gewiß nicht! (Er läßt ihre Hand los.)

Jud. Sie lieben eine Andere?

Paul (ausweichend). Ich liebe meine Ideen, meine Ueberzeugung, meine Arbeit.

Jud. Sie weichen aus. — Sie sind nicht ehrlich —

Paul. Ganz ehrlich, also — es geht seit einiger Zeit etwas Seltsames mit mir vor. Ich habe eine Unruhe im Herzen, die mich selbst betroffen macht.

Jud. Und haben Sie es Derjenigen gesagt?

Paul. Nein.

Jud. Aber Sie werden es ihr sagen —

Paul. Nein.

Jud. Warum nicht?

Paul. Sie ist mir zu vornehm.

Jud. O! ich kenne sie — sie ist vornehm, aber ihr Herz ist einfach und gut.

Paul. Ja sie ist eine vortreffliche Frau.

Jud. Also Muth, mein Freund — Sie müssen es ihr sagen; sie kann doch nicht Ihnen eine Liebeserklärung machen.

Paul (sehr fest). Gewiß nicht. Wir werden Beide schweigen. Ich werde eines Tages in die weite Welt gehen — über den Ocean, und sie wird es nie wissen, was sie mir war.

Jud. Aber das ist doch recht traurig. Nein, recht abscheulich ist es von Ihnen! Und wenn sie Sie liebt?

Paul. Mich?

Jud. Ja, Sie.

Paul. Sie liebt mich nicht.

Jud. Gewiß nicht? —

Paul. Nein.

Jud. Wer sagt Ihnen das? — Ich glaube, alle Frauen müssen Sie lieben.

Paul (lächelnd). O! mein liebes Fräulein, es ist nur Ihre Phantasie so freundlich!

Jud. Meine Phantasie! — Sie sind unartig. — (Sie steht auf, geht durch das Zimmer, kommt zu ihm zurück und stützt sich auf die Lehne seines Sessels.)

Paul (will aufstehen).

Jud. (drückt ihn auf den Sessel nieder). Werden Sie ruhig bleiben! — Sagen Sie mir — glauben Sie, daß ich —

Paul (ohne sich umzusehen). Nun?

Jud. Jetzt — das schickt sich wohl nicht —

Paul. Nur resolut.

Jud. Glauben Sie, daß ich Sie zum Manne nehmen würde?

Paul (lacht).

Jud. (böse). Sie glauben doch nicht, daß ich in Sie verliebt bin —

Paul. Nein, wahrhaftig nicht! (Er steht auf.)

Jud. (resolut). Sie lieben mich nicht, und ich liebe Sie auch nicht. (Herzlich.) Aber Sie gefallen mir sehr, Sie sind ein ganzer Mann, Herr Paul — so gescheit, sehr gescheit, und gelehrt wie der Dr. Faust, so gut wie Hermann, der die arme Dorothea in sein Haus nahm — und Muth haben Sie, Muth wie ein Soldat. (Kleine Pause.) Sehen Sie, ich liebe Sie nicht, aber ich — ich würde Sie auf der Stelle heiraten.

Paul (innig). Judith! (Er will den Arm um sie schlingen und zieht ihn zurück.) Nein!

Jud. (mit niedergeschlagenen Augen). Da habe ich was Schönes gemacht. Sie könnten denken, ich bin recht einfältig — daß ich Ihnen das sage. — (Ihn ansehend, warm.) Aber Sie sind ein braver Mann, Sie denken nichts Schlimmes von mir, weil Sie selbst nicht im Stande wären, etwas Schlimmes zu thun. Sie denken nichts weiter als — „ich gefalle dem Mädchen“ — und das ist ja wahr. (Ohne

alle Coketterie, einfach, ernst.) Und ich gefalle Ihnen ja auch, ich weiß es.

Paul. Mehr als das —

Jud. (droht ihm mit dem Finger).

Paul. Ich schätze Sie, ich habe Sie lieb —

Jud. Wie? —

Paul. Wie eine Schwester. —

Jud. (freudig). So ist es recht! Wir wollen auch immer gute Freunde bleiben. (Schüttelt ihm herzlich beide Hände.) So — jetzt muß ich fort. (Nimmt ihren Muff.) Aber Sie werden jetzt doch auch manchmal zu uns kommen — oft — recht oft.

Paul. Gerne, aber was wird Ihr Vater dazu sagen?

Jud. Mein Vater — der sagt Alles, was ich sage. Sie werden ihm auch sehr gefallen, denn ihm gefällt Alles, was mir gefällt. Sie werden kommen — ja? (Sie wendet sich zum Gehen.)

Paul. Gewiß. (Er folgt ihr.)

Jud. Auf Wiedersehen also. — (Schüttelt ihm recht derb die Hand und geht zur Mittelthür.) Auf baldiges Wiedersehen (in der Thür) lieber, lieber Herr Doctor Faust! — (Ab.)

2. Scene.

Paul (allein).

(Blickt ihr nach.) Arme Judith! Liebes gutes Mädchen! (Er geht nach vorne.) Wirst Du glücklich sein in dieser Welt von Thoren und Schurken? — Aus Dir könnte eine vortreffliche Frau werden. (Er steht in diesem Augenblick beim Tische und stützt die Hand auf seinen Sessel.) Meine Frau? — warum nicht? — sie ist reizend! aber die Million, die sie hat, macht sie mir abscheulich. (Er setzt sich.) O Ihr armen, reichen Mädchen! (Er vertieft sich wieder in seine Arbeit.)

3. Scene.

Paul. Madeleine.

Mad. (von rechts; sie trägt einen Sammtpaletot, einen Muff genau so wie Faustina.
— Tritt rasch ein und legt Paul die Hand
auf die Schulter).

Paul (sich wendend). Frau Baronin
— Madelaine! (Er erhebt sich und weicht
zurück, so daß er rechts vom Tisch vorne steht.)
Was wollen Sie?

Mad. (legt ihren Muff links auf den Tisch,
links vorwärts kommend). Laß' mich sprechen! Um Gotteswillen, Paul! —

Paul. Wozu?

Mad. Ich beschwöre Dich! Höre mich
nur an.

Paul. Was haben Sie mir zu sagen,
was ich nicht wüßte?

Mad. Was kannst Du von meinen
Leiden wissen, von meinen Schmerzen,
meinen Täuschungen? Ich habe viel gelitten, Paul, seitdem wir uns nicht gesehen
haben — ich bin furchtbar getäuscht
worden.

Paul. Durch wen?

Mad. (traurig). Durch mich selbst. Ich
will Dir von einem Weibe sprechen, das
sich selbst entehrt hat, vielleicht entwaffnet
Dich das — ich will Dir von einem
verlornen Leben erzählen, vielleicht rührt
Dich das. Du, dessen einzige Freuden ich
gestohlen habe, der entbehren mußte und
entsagen und wiederum entsagen — Du
stehst frei und stark vor mir — ich, die
Beherrscherin der Bühne, der ein ganzes
Publicum zujauchzt, zu deren Füßen
Sclaven liegen und anbeten, die jeden
Tag einen neuen Lorbeer in ihre Locken
flicht— ich bin gebrochen und hoffnungs-
los.

Paul. Wer ist Schuld?

Mad. Ich — ich allein. Du nicht.
Du warst so gut. Wie Du mich damals
mit dem schweren Holzkorb auf der Treppe
trafst und mir ihn abnahmst und bis vor
meine Thüre trugst — weißt Du das
noch? — Ich werde es Dir nie vergessen!
Und wie ich die Blumen auf dem Fenster
fand, die kleinen, lieben, duftigen Reseda-
stöcke und Rosen und Levkojen — ich
liebte sie so sehr, — und später hörte ich,
daß Du lange nichts als trockenes Brod
gegessen hattest, um mir die Freude zu
bereiten. Erinnerst Du Dich noch, als ich
dann krank lag — Tage, Nächte an Dei-
ner treuen Brust gebettet — mein Polster war so hart — und Du hast kein
Aug' geschlossen, jeden Tropfen Arzenei
nahm ich nur von Dir. Du hast mich so
geliebt — und ich Dich auch.

Paul (lacht bitter). Ha! ha! ha!

Mad. Glaub' mir, man kann nur einmal so lieben, wie ich Dich geliebt habe.
Ich weiß es noch, mir pochte das Herz
jedesmal, wenn ich Deine Schritte hörte,
dann warf ich Alles von mir und hing an
Deinem Halse und war glücklich. Ich bin
seitdem nicht mehr glücklich gewesen, Paul!
— Es war nur meine Phantasie, die
mich verführte — ich war schön und hatte
Geist, ich sah die Welt vor mir im Son-
nenglanz des Luxus, bei Dir habe ich gefroren und gehungert! — Ich wußte, Du
bist mehr werth als sie alle die Vorneh-
men, die Großen — aber ich wußte es
allein, und das fraß an meinem eitlen
Herzen. Ich hatte Ehrgeiz, es zog mich
auf die Bühne. In meiner Natur ist
etwas von einer Despotin. Wenn ich dann
von der zweiten Katharina las, wie sie
mit keckem Fuß über den Nacken des Ge-
mals zum Throne schreitet, wenn ich die
Lucretia Borgia spielen sah, als ich vor
dem Bilde der Charlotte Corday stand,
da faßte mich der Dämon — ich wollte
etwas Großes thun, ich lechzte nach Blut
wie eine Tigerin, ich wollte Köpfe fallen
machen, gebieten, unterwerfen, knechten
und befreien, Tyrannen morden, Sclaven
peitschen, ein Volk zu meinen Füßen sehen, entscheiden über Tod und Leben,

wenn nicht im Leben, wenigstens auf den Brettern, die die Welt bedeuten. Das gab den Ausschlag. Und ich sagte mir, bist Du sein Weib — nein, sein Liebchen bist Du, seine Buhle, so lange dein Gesicht= chen jung und schön ist, wird er Dein sein, dann wird er Dich verlassen.

Paul. Sie haben klug gerechnet. Ich bewundere Sie.

Mad. Selbstsüchtig war ich, grausam, aber geliebt hab' ich nur Dich. —

Paul. O Sphinx! ich werde Deine Räthsel niemals lösen, weibliche Natur!

Mad. Ich habe Dich verrathen. Ich vertheidige mich nicht, ich will Dich nur versöhnen. Der Verrath des Weibes an dem Manne geht durch eure ganze Welt. Ihr habt sie aufgebaut, nicht wir. Ihr habt das Leben des Weibes abhängig ge= macht von eurer Liebe. Wie klug! Und nun betrügt Ihr Euch um eure Waare und bezahlt mit eurem ganzen Reichthum, ja oft mit eurem Leben, mit Allem, was Euch theuer, was Euch heilig ist, wie der Jude von Venedig. — Mein damaliger Sclave war ein Banquier. Er ließ mich für die Bühne ausbilden, ich erhielt durch ihn mein erstes Engagement.

Paul. Weiter, weiter.

Mad. Mein Name wurde rasch be= kannt, ich stieg von Stufe zu Stufe, ich kam endlich in die Residenz und trium= phirte auch hier. Ich war jetzt frei und reich durch mein Genie, aber ich war an Ueberfluß gewöhnt und mein Herz war verhärtet. Ich erlaubte dem Grafen mich zu lieben. Und so bin ich eine jener Frauen geworden, die, wie die Odalisken des Se= rails verkauft, ihre Herren zu ihren Scla= ven machen. Mein Herz aber blieb rein. Ich habe Dich nie vergessen, denn ich habe nur Dich geliebt — und ich liebe Dich noch.

Paul. Keine Sentimentalität.

Mad. Ich will ja Alles gut machen, Paul, Alles! —

Paul (lacht bitter). Gut machen! Wie

wollen Sie das gut machen, daß Sie die Ideale meiner Jugend durch den Koth der Straße geschleift haben? Wie wollen Sie das gut machen, daß Sie Zweifel, Mißtrauen und Haß wie Gift in meine Seele gegossen haben? Wie wollen Sie das gut machen, was ich gelitten habe? O! was habe ich gelitten! — Die Nächte, wo ich unter Ihren erleuchteten Fenstern stand und lauschte, ob ich nicht Ihre Stimme höre, wenn Sie ein frivoles Trinklied sangen, oder Ihren Schatten an den Vorhängen vorüberschweben sehe — und dann, wenn alle Lichter erloschen waren, alle, und nur die Ampel brannte in dem einen Fenster, und ich mir sagte: jetzt liegt sie in den Armen eines Andern, und sie küßt ihn, wie sie mich geküßt hat, und sie lacht, wie sie zu Dir gelacht hat — und ich dann mit dem heißen Antlitz auf den Straßensteinen lag und weinte, weinte — ich war ja damals noch so jung und konnte weinen — O! wie wollen Sie das gut machen? Nein! Nein! das kön= nen Sie nicht gut machen, das können Sie nicht!

Mad. (leidenschaftlich). Ich will es (sie umschlingt ihn) und ich kann es. Sieh' mich doch nur an. Ich bin schöner, als ich damals war — ich bin ein Weib, das den Lorbeer trägt und das Diadem — ich bin nicht mehr die arme kleine Madeleine!

Paul (in ihren Anblick verloren). O wärst Du's noch! (Er streicht ihr die Haare aus der Stirne.)

Mad. Ich bin es, für Dich will ich es sein. Ich komme zu Dir um Vergebung betteln. Jetzt kann ich Dein sein, jetzt erst ganz, jetzt wähle ich frei wie ein Mann, und ich wähle Dich unter Millionen, Dich allein. Liebst Du mich noch? — Du liebst mich noch, nur hat sich Deine Liebe in Haß verkehrt — O! laß' mich so — (sie legt sich an seine Brust). Dieses starre Herz soll wieder warm werden an dem meinen, das ihm mit aller Liebe, aller Sehnsucht entgegenschlägt wie damals, wo wir unter dem Dache nisteten gleich zwei verliebten Schwalben. Antworte mir — sprich nur ein Wort!

Paul (sich sanft losmachend, traurig). Ich habe Ihnen nichts zu antworten.

Mad. O! Du liebst mich noch, Dein Auge sagt mir, was Deine Lippen mir verschweigen wollen. So nimm mich doch, ich will Dein Weib sein, wir wollen Beide arbeiten und glücklich sein — nein, Du sollst nicht arbeiten, nur ich, bis jetzt habe ich aus Allen Sclaven gemacht, nun will ich Deine Magd sein und Dir dienen — ich will ja Alles gut machen, Alles, sprich nur ein Wort, ein einziges Wort!

Paul (wendet sich im innern Kampfe ab und preßt beide Hände vor das Gesicht).

Mad. (jubelnd). Du kämpfst — Du wehrst Dich gegen mich! — Vergebens, Du bist mein! — (Sie umschlingt ihn.) Und Niemand soll Dich mir entreißen!

Paul (finster). Ich vergebe Dir, Madeleine, aber wir müssen scheiden für immer.

Mad. Nein! Nein! Nichts soll uns trennen. Ich bin jetzt reich, sehr reich — Alles das ist Dein; oder hast Du Ehrgeiz, willst Du eine große Stellung, willst Du eine Rolle spielen, ich habe Einfluß.

Paul (bitter). Du willst mich protegiren — bei Deinen Freunden, den Ministern, den Finanzmännern, den Redacteuren! Es ist nicht zu glauben! (Er lacht.) Wie können Sie es wagen, Madeleine, einem Manne von Ehre einen so schimpflichen Antrag zu machen?

Mad. Mein Gott, ich habe Dich beleidigt, das wollte ich nicht.

Paul. Was wollen Sie also — eine krankhafte Phantasie, eine grausame Laune an mir befriedigen? — Sie halten es für möglich, an meinem Herzen 'ein neues Leben zu beginnen? Sie täuschen sich. Sie würden mich noch einmal verrathen, und dießmal müßte das entsetzlich enden. Wir müssen scheiden und für immer.

Mad. (wirft sich vor ihm nieder und umfaßt seine Knie). Paul, stoß' mich nicht von Dir! (Verzweifelt.) Erbarmen!

Paul. Hast Du Erbarmen mit mir gehabt? — So lag ich vor Dir und zitterte und bat um Deine Liebe wie um mein Leben — Du hast kein Erbarmen mit mir gehabt. Ich habe jetzt keines mit Dir.

Mad. (stehend). Paul — Du kannst mich nicht verzweifeln lassen, Du bist ja gut und edel —

Paul. Aber nicht sentimental! —

Mad. Wenn noch ein Funke Liebe für mich in Deinem Herzen —

Paul. Ich liebe Dich nicht mehr.

Mad. (aufschreiend). Du liebst eine Andere!

Paul (wendet sich ab).

Mad. (steht auf). Faustina!

Paul. Verlassen Sie mich, Madeleine!

Mad. (mit steigender Heftigkeit). Bedenke, mein Freund, ich bin nicht gewohnt auf den Knien zu liegen, wie ich vor Dir gelegen bin; — ich bin es nicht gewohnt, um Liebe zu betteln, ich habe meine Gunst verschenkt wie eine Göttin der antiken Welt. Laß' mich nicht so scheiden. Ich ertrüge es nicht, von einem Mann verworfen zu werden — am wenigsten von einem Manne, den ich liebe und um nichts in dieser Welt von Dir!

Paul. Verlassen Sie mich.

Mad. Denke an Gott!

Paul (lacht). Madeleine, Sie sind sehr komisch!

Mad. (drohend). Paul! das vergelte ich Dir!

Paul. Man kommt. (Er geht zur Mittelthür, öffnet und blickt hinaus.) Gehen Sie.

Mad. (für sich, den Arm drohend gegen ihn erhoben). Rache! (Sie geht zum Tisch und nimmt ihren Muff.) Was ist das? (Sie nimmt ein Heft vom Tisch.) Sein Tagebuch. Vortrefflich! (sie steckt es rasch in den Muff) und hier — (sie sieht sich um, greift in die Cassa, nimmt 10 Banknoten zu 1000 fl. aus derselben und steckt sie in den Muff, zu gleicher Zeit wirft sie ihr Sacktuch hinaus auf den Boden). Mein Gott! — Faustina! (Sie läßt den Muff links auf dem Tisch liegen und verbirgt sich rasch hinter dem Ofenschirm.)

Paul (kehrt zurück). Sie ist fort. (Er setzt sich an den Tisch.)

4. Scene.

Vorige. Faustina (durch die Mitte in einem Seidenkleide, Paletot, Muff, das Haar in Locken — kommt langsam vor bis zum Tisch und legt ihren Muff rechts auf denselben). Guten Abend!

Paul (steht auf, verbeugt sich und setzt sich nieder).

Faust. (geht um den Tisch vorn nach links und bleibt, den Rücken gegen Paul, stehen). Haben Sie meine Rede gelesen?

Paul. Ja. Wenn die Wirkung morgen in der Kammer so bedeutend ist, wie sie es bei mir war, dann ist Ihnen der Sieg gewiß. Mich haben Sie überzeugt.

Faust. (wendet sich rasch zu ihm). Wirklich?

Paul. Ich bewundere Sie! (Er vertieft sich in seine Arbeit.) (Pause.)

Faust. (geht vorne auf und ab, die Arme über die Brust gekreuzt).

Paul. Sie schweigen über den gestrigen Vorfall, Frau Baronin; ich sehe darin meine Verurtheilung.

Faust. Was soll ich Ihnen sagen? Sie haben alle Gesetze der Gesellschaft verletzt, meine Freunde vertrieben — und doch bin ich Ihnen dankbar.

Paul. Wofür?

Faust. (bleibt stehen). Weil ich in Ihr Herz geblickt habe, dieses männliche Herz, das den Muth hat, zu lieben und zu hassen. (Sie macht einige Schritte und bleibt wieder vor ihm stehen.) Aber Sie lieben Madeleine —

Paul. Nein, ich liebe sie nicht.

Faust. Täuschen Sie sich nicht selbst, mein Freund.

Paul (fest). Ich täusche mich nicht — (Faustina ansehend) ich kann nur lieben, wo ich achte. (Kleine Pause.)

Faust. Sie wollen noch arbeiten?

Paul. Ich schließe nur noch die Cassa ab.

Faust. (behaglich). Machen Sie rasch. Wir wollen uns wieder zu dem traulichen Kamin setzen, heute Abend, uns unsere Geschichten erzählen und die Märchen unserer Kinderzeit — wir wollen auch sehr gescheidt sein —

Paul (herzlich). Und philosophiren —

Faust. (ebenso). Und zanken —

Paul. Und Anna soll uns einen Thee machen —

Faust. Und ich ziehe meine Pelzjacke an.

Paul. Ach ja.

Faust. Im Augenblick. (Sie geht rasch nach links zur Thür und kehrt langsam zurück.) Nein, ich habe Ihnen noch etwas zu sagen. Man sagt, die besten Frauen sind diejenigen, von denen nicht gesprochen wird. Ich fürchte nun, es wird schon viel zu viel von mir gesprochen. Es ist sogar heute Abend in der Zeitung von mir die Rede. Der »Fortschritt« nennt mich schön, geistreich, einen Charakter. Ich bin dabei erschrocken. Ich werde irre an mir selbst und Sie sind der Einzige, der mir mein Selbstvertrauen zurückgeben kann. Sie müssen mir einmal mein Bild malen, ohne zu schmeicheln. Alle huldigen mir — Sie allein sind wahr. (Sie steht links an dem Schreibtisch, stützt sich auf beide Arme und beugt sich zu Paul.) Halten Sie mich für geistreich?

Paul (ohne von seiner Arbeit aufzublicken). O gewiß!

Faust. (wie oben). Was halten Sie von meinem Herzen?

Paul. Sie fühlen tief, nachhaltig, ohne sentimental zu sein, ja Sie haben ein klein wenig von der Grausamkeit der Löwin, aber auch ihre Großmuth, ihren Adel.

Faust. Und mein Charakter?
Paul. Ich achte Sie. Wollen Sie noch mehr?
Faust. Aber meine Bildung? — ich bin doch recht vernachlässigt worden?
Paul (lächelt und schweigt).
Faust. Sie geben es zu?
Paul (einen Augenblick zu ihr emporsehend). Ein wenig.
Faust. Sie werden mich erziehen. Ja? Sie werden aus mir ein braves Weib machen. (Sie geht einige Schritte, bleibt stehen, lächelt.) Noch etwas. (Zurückkehrend.) Aber wahr und offen — Ihr Wort! (Reicht ihm die Hand.)
Paul (gibt ihr die Hand und schreibt dann weiter).
Faust. (auf den Tisch gestützt, zu ihm gebeugt, schalkhaft). Finden Sie, daß ich schön bin? —
Paul (sieht sie überrascht an; kleine Pause). Ja, Sie sind schön!
Faust. (rasch einfallend). So, jetzt schreiben Sie nur weiter. (Sie nimmt Madeleinens Muff.) Beeilen Sie sich. Ich bin gleich wieder da. (Rasch ab rechts.)

5. Scene.

Vorige, ohne Faustina.

Paul (schreibt).
Mad. (tritt heraus, sieht ihn an und lacht diabolisch auf).
Paul (sieht sich um, steht auf, sehr ernst). Sie sind noch da?
Mad. Sie lieben Faustina —
Paul (ohne sie zu achten, nimmt Geld aus der Cassa und beginnt es zu zählen).
Mad. Und sie liebt Sie.
Paul. Freveln Sie nicht.
Mad. (höhnisch). Der Versuch hat etwas für sich. Sonst machen wir aus unseren Herren unsere Sclaven — hier haben wir einmal eine Herrin, die ihren Sclaven zu sich erhebt. (Sie geht um den Tisch und nimmt Faustina's Muff.) Die Laune einer Katharina von Rußland. Geben Sie nur Acht, daß Sie nicht Ihren Kopf dabei verlieren. (Im Fortgehen.) Amüsiren Sie sich gut. (Lacht.) Ha! ha! ha! ha! (Lachend durch die Mitte ab.)

6. Scene.

Paul (allein — er legt das Geld auf den Tisch). Sie geht — für immer. (Pause.) Ich bin mit Dir zufrieden, armes Herz. Die schwere Asche des Lebens hat Deine Flammen noch nicht ganz erstickt, sie loderten empor und drohten über mir zusammenzuschlagen. Doch Du bist fest geblieben. Der alte, schwer erworbene Friede kehrt wieder in Dich ein. — Ich habe nichts zu bereuen. (Zählt weiter.)

7. Scene.

Paul. Faustina.

Faust. (in der Pelzjacke des 2. Actes. Sie tritt langsam von links ein und betrachtet Paul; für sich, mit Humor). Jetzt wirst Du an das Kreuz geschlagen, Du stolzer Mann, ohne Erbarmen, mit drei Nägeln — der eine heißt Mutterwitz, der zweite Anmuth, der dritte Coketterie. (Zu ihm tretend, laut.) Werden Sie gleich aufhören, der Samovar brodelt, das Feuer im Kamin prasselt so fröhlich — wir wollen unser niederländisches Genrebild fortsetzen. (Sie geht durch das Zimmer.) Sie haben nicht einmal einen Spiegel da.
Paul (indem er stehend zählt). Wozu?
Faust. Wozu? — Weil ich einen brauche, und gerade jetzt —
Paul (fein) Soll ich Ihr Spiegel sein?
Faust. Vortrefflich.

Paul (zählend). Nun, fragen Sie den Spiegel.

Faust. (stellt sich ihm gegenüber). Wie läßt mir diese Frisur?

Paul (sieht sie an). Wunderbare Locken!

Faust. Sie haben gestern Madeleinens Locken bewundert.

Paul. Ich liebe Locken. (Er zählt.)

Faust. (cokett). Merken Sie nicht, daß ich sie heute deßhalb gemacht habe?

Paul (ist fertig geworden; verwirrt, indem er von Neuem zu zählen beginnt). Mein Gott!

Faust. (bei Seite). Der eine Nagel sitzt fest. Nun den zweiten. (Zu Paul.) Und wie kleidet mich diese Jacke? — Geben Sie Acht, ich sehe mich jetzt in dem Spiegel. (Sie zeigt sich en face.) So —

Paul (sieht sie an).

Faust. (ihm den Rücken zeigend und ihn cokett über die Achsel ansehend). Und so —

Paul (zählt wieder).

Faust. (wie oben). Nun, was sagt mein Spiegel?

Paul (immer verwirrter und aufgeregter). Prächtig! — (Halblaut.) Das Herz steht mir still. — (Er zählt weiter.)

Faust. (beobachtet ihn, für sich). Der zweite Nagel sitzt gleichfalls fest. — Das macht sich ja herrlich. Nun versuchen wir den dritten. (Zu Paul.) Du lieber guter Spiegel, Du bist ja ein Juwel! — Am Ende bist Du gar der Zauberspiegel aus Schneewittchen? (Ihn ansehend.)

»Spiegel, Spiegel an der Wand,
Wer ist die Schönste im ganzen Land?«

Paul (sie ansehend). »Ihr, Herrin, seid die Schönste im Land.«

Faust. (droht ihm). »Und der Spiegel schmeichelte doch nicht, sondern sagte die Wahrheit wie jeder Spiegel,« heißt es in dem Märchen. Spiegel, lügst du nicht ein wenig? (Droht ihm.)

Paul (seine Stimme zittert). Ich lüge nie. (Zählt.)

Faust. (für sich). So, mein Herr, jetzt sind Sie an das Kreuz geschlagen!

Paul (bei Seite). Fassung! Fassung!

Faust. (zärtlich die Hand auf ihn legend). Was ist Ihnen?

Paul. Nichts! Nichts! (Er zählt wieder.)

Faust. Sie sind verwirrt, aufgeregt — was haben Sie?

Paul (zählend). Nichts! (Er hört auf zu zählen und bleibt, das Auge starr auf das Geld geheftet, wie vernichtet stehen.)

Faust. (theilnehmend). Sie leiden?

Paul (legt die Hände vor das Gesicht).

Faust. Sprechen Sie doch.

Paul (zu Boden sehend). Ich weiß nicht, wie ich beginnen soll. — Das, was ich Ihnen zu sagen habe, ist so seltsam, so unglaublich, so lächerlich — und doch so traurig!

Faust. (zart, aber muthwillig). Ah! Sie sind verliebt!

Paul (verstört). Es ist nicht das.

Faust. Was denn? — Sie erschrecken mich!

Paul (sehr ernst). Frau Baronin, ich habe Ihnen eine für mich wahrhaft entsetzliche Eröffnung zu machen.

Faust. Aber — was ist Ihnen — Sie sind ganz entstellt. — (Sie legt die Hand auf seine Schulter.) Um Gotteswillen, was haben Sie?

Paul. Die Cassa stimmt nicht!

Faust. (lachend). Das ist Alles?

Paul. Es fehlt eine bedeutende Summe.

Faust. (zuckt die Achseln). Nun, und was weiter?

Paul. 10 Banknoten zu 1000 Gulden.

Faust. Ah! — Sie haben sich verzählt.

Paul. Nein, ich habe dreimal gezählt.

Faust. Oder Sie haben das Geld verlegt.

Paul. Ich halte strenge Ordnung. Das ist einfach nicht möglich.

Faust. Sie sehen, daß es doch möglich ist.

Paul (beinahe tonlos). Sie müssen mich
für schuldig halten.

Faust. (entsetzt). Paul!

Paul. Der Schein ist gegen mich.
Niemand außer mir und Ihnen betritt
dieses Zimmer, nur Sie und ich haben
den Schlüssel zu demselben — und zu der
Cassa. (Schmerzlich.) Welchen Eindruck
müssen Sie in diesem Augenblicke haben!
Was müssen Sie denken?

Faust. (heiter). Was soll ich denken?

Paul. Daß ich —ich kann das schmach-
volle Wort nicht aussprechen — Sie müssen mich für schuldig halten. Sie müssen
mich dem Gerichte übergeben.

Faust. (schmerzlich). Paul! (Kleine
Pause — streng.) Sie beleidigen mich, mein
Herz, meine Vernunft, wenn Sie mein
Vertrauen zurückweisen. Sie sind der
Mann, dem ich meine Angelegenheiten,
meine geheimsten Gedanken, meine Ueberzeugung, das Heiligste, was ich habe, in
die Hände gelegt habe. Haben Sie das
vergessen? — Nichts in der Welt kann
meinen Glauben an Sie erschüttern! (Sie
legt beide Hände auf seine Schultern und sieht
ihm lange in das Auge, dann beginnt sie zu
lachen.) Sie sind ein Kind! — der Thee
wird uns kalt. Geben Sie mir den Arm!

Paul (macht eine ablehnende Bewegung).

Faust. (herzlich). Wie ernsthaft! —
Lachen Sie doch. (Sie nimmt seinen Arm.)

Paul. Nein, Frau Baronin, das kann
nicht das Ende sein. So lange nicht jeder
Zweifel getilgt, bin ich nicht werth, diese
Hand zu berühren. (Er macht sich sanft los.)

Faust. Ja, was wollen Sie aber
eigentlich?

Paul. Mein Recht, Frau Baronin.

Faust. Ist Ihnen mein Glaube, mein
Vertrauen nicht mehr?

Paul. Nein.

Faust. (ruhig). Nun gut, so lassen Sie
uns untersuchen, denken wir nach. War
Niemand hier?

Paul. Niemand.

Faust. Erinnern Sie sich doch. Gewiß
nicht? denken Sie, was daran hängt.

Paul (mit gesenktem Blick). Niemand.

Faust. Warum sind Sie auf einmal
so verlegen? Sie verbergen mir etwas.
(Sie geht von vorne um den Tisch und findet
das Tuch, hebt es auf, Paul den Rücken keh-
rend, und sieht es an für sich.) Was ist das?
(Beginnt zu zittern.) Paul, es war doch
Jemand da!

Paul. Niemand.

Faust. Eine Frau war bei Ihnen.
(Sie hält ihm das Tuch hin.)

Paul (fährt zusammen).

Faust. (aufflammend). Also doch —
und doch verrathen und verkauft!

Paul. Sie können glauben?

Faust. Das Tuch hat kein Zeichen.
Wem gehört das Tuch?

Paul (fest). Ich weiß es nicht. (Pause.)

Faust. (immer zorniger). Soll ich es
Ihnen sagen? — Es gehört Madeleine.

Paul. Ich weiß es nicht.

Faust. Sie lieben dieses Weib?

Paul. Nein.

Faust. Ja.

Paul. Wahrhaftig, nein.

Faust. O! Sie lieben —

Paul (will reden). Ich begreife nicht —

Faust. (ihn barsch unterbrechend, indem sie
mit dem Fuße stampft). Kein Wort! (Sie
geht nach vorne links.) Sie lieben — und
aus Liebe —

Paul (sie unterbrechend, stolz und bitter).
Jetzt ist Ihr Glaube an mich doch zu
Ende.

Faust. Der Rival von Banquiers und
Grafen! — freilich das kostet viel!

Paul (bitter). Die Ideen eines großen
Weibes und die Logik einer Aristokratin!
— Wir sind fertig!

Faust. (voll Schmerz). Es ist furchtbar! (Sie wirft sich in den Sessel, der links
steht, und bedeckt ihr Gesicht mit beiden Händen.) (Pause.) Paul, habe ich das um Sie
verdient?

Paul (kalt). Ich wiederhole, der Schein ist gegen mich —

Fauſt. (erhebt ſich raſch und fällt ihm in's Wort, ſchmerzlich). Vertheidigen Sie ſich nicht! — Oh! Sie haben mir entſetzlich weh' gethan! Sie wiſſen es nicht, Sie ahnen es nicht, Sie können es nicht begreifen. was Sie mir gethan haben! — Gehen Sie. (Sich von ihm abwendend) Verlaſſen Sie mein Haus. Ich will Sie niemals wiederſehen. (Sie geht ganz nach links, wo ſie vorne ſtehen bleibt.)

Paul. Gnade! — Nein, Fauſtina, ich will Ihre Schonung nicht, ich will mein Recht!

Fauſt. (ihn anſehend, gebietend). Gehen Sie!

Paul (ſehr feſt). Ich gehe nicht. Ich verlaſſe Ihr Haus nicht. So nur kann meine Unſchuld oder Schuld erwieſen werden. Laſſen Sie mich verhaften.

Fauſt. Wahnſinniger!

Paul. Habe ich Ihr Vertrauen verlangt, Frau Baronin? — Nein, ich habe Ihnen dafür gedankt, und jetzt danke ich Ihnen für Ihre Gnade!

Fauſt. Sie fordern mich heraus?

Paul (ſchroff). Ich fordere nichts als mein Recht. Ich bleibe.

Fauſt. (zornig). Wenn Sie mir ſo entgegentreten — gut, es ſei. — Jetzt haben Sie ſich ganz in meine Hand gegeben, Verblendeter, ich kann Sie verurtheilen zu ewiger Schmach, oder Sie begnadigen zu einem Leben voll Reue und Gewiſſensbiſſe, armer verliebter Schächer! — Jetzt ſollen Sie mich um Gnade bitten, auf Ihren Knien, wie ein Sclave, der die Peitſche verdient hat — das wird mir wohl thun! — Ich werde lachen, ungeheuer lachen — (ſie lacht diaboliſch) — und vielleicht gnädig ſein, wenn ich guter Laune bin! (Sie geht mit der Haltung einer Despotin, Aug' in Auge mit ihm, auf ihn zu, und deutet gebieteriſch auf den Boden.) Auf die Knie!

Paul (hält ihren Blick ruhig und ſtolz aus).

Fauſt. (bleibt vor ihm ſtehen, kreuzt die Arme auf der Bruſt und ſtößt ein verächtliches Lachen aus, dann majeſtätiſch). Noch Trotz und Hochmuth! — dann erfülle ſich Ihr Schickſal! (Sie geht raſch zur Mittelthür, ſperrt und zieht den Schlüſſel ab.) Ich mache Sie zu meinem Gefangenen. (Sie geht dann zur Thüre links, in drohender Haltung.) Sie wollen Ihr Recht — Ihr Recht ſoll Ihnen werden!

(Der Vorhang fällt.)

5. Act.

(Kleines Boudoir bei Fauſtina. Ganz wie im 2. Act — nur ſteht der Schämel bei dem Divan links, auf dem Tiſche bei dem Divan liegt Madeleinens Tuch, auf einem Fauteuil beim Kamin ihr Muff; auf dem Kamin liegt der Schlüſſel zu Pauls Zimmer.)

1. Scene.

Fauſt. (in einem Roccocoſchlafrock à la Pompadour von weißem Atlas, mit weißen Spitzen beſetzt; die offenen Locken fallen ihr wie die Mähne einer Löwin bis auf den Rücken; ſie liegt, den linken Arm unter dem Kopfe, auf dem Sammtdivan links). Judith.

Jud. (noch draußen vor der Thüre, links). Triumph! Triumph! (Sie ſtürzt herein, bleibt ſtehen und ſchöpft Athem.)

Fauſt. (richtet ſich auf). Das Geſetz iſt angenommen?

Jud. Mit großer Majorität! (Sie eilt zu Fauſtina und kniet vor ihr nieder.) Papa ſeine Rede — das heißt Ihre Rede — unſere Rede — hat eingeſchlagen wie ein Blitz — die Rechte rief immerfort: »Oho!« — Die Linke applaudirte, das Centrum endlich auch, die Gallerien jubelten. Wir haben gesiegt! — Aber was ist Ihnen? — Sie freuen sich nicht einmal? Und wie bleich Sie sind! —

Faust. (weich). Sie finden mich nach einer schlaflosen Nacht, krank, erschüttert, liebe Judith.

Jud. Mein Gott!

Faust. Paul, den ich so hochgeschätzt habe, der mir so werth war — er hat mich furchtbar getäuscht.

Jud. Wie?

Faust. Ich sage es nur Ihnen — denn ich will ihn noch immer retten, wenn ich auch nicht weiß wie. — Es fehlen seit gestern Abends 10.000 Gulden aus meiner Cassa.

Jud. Nun — und —

Faust. Und Paul —

Jud. Das ist ja nicht möglich.

Faust. So denke ich auch — und dann wieder — Niemand als ich und er betraten jenes Zimmer.

Jud. (herzlich lachend). Aber Sie werden doch nicht glauben — (sie lacht) ha! ha! ha! — daß Paul — (sie lacht wieder) ha! ha! ha! — daß Paul — (sie lacht wieder, steht auf und geht lachend durch das Zimmer) ha! ha! ha! — Ach, es ist doch zu komisch! (Sie lacht fort.)

Faust. Es ist gar nicht so komisch. Der Wahnsinnige will meine Gnade nicht, er will sein Recht.

Jud. Natürlich! Er verlangt es im Bewußtsein seiner Redlichkeit, seiner Unschuld!

Faust. Er verlangt sein Verderben.

Jud. (sehr ernst). So leicht erschüttert ist Ihr Glaube an einen Mann, den Sie kennen, den Sie achten, den Sie lieben?

Faust. (sich rasch erhebend). Ich?

Jud. Ja, Sie lieben ihn, machen Sie keine Geschichten — Sie müssen ihn ja lieben! Ist er nicht das, was Sie von einem Manne verlangt haben, was Ihnen wie ein Ideal vorschwebt? — Und diesen Mann können Sie für schuldig und ehrlos halten? ·

Faust. (läßt den Kopf auf die Brust sinken). Sie haben Recht und doch —

Jud. Was doch? — nicht anklagen sollen Sie ihn, sondern heirathen!

Faust. Kind!

Jud. Wenn ich ein Kind bin, so sieht das Kind in seiner Einfalt diesmal schärfer als das Genie der Frau. Wo finden Sie einen besseren Mann?

Faust. (lächelnd). Wie Sie begeistert sind!

Jud. Ja, das bin ich. Ich bin nicht verliebt in ihn, wirklich nicht, aber ich — ich heirathe ihn auf der Stelle.

Faust. (geht auf und ab). Der Schein ist gegen ihn — ich wiederhole Ihnen, Niemand als ich und er betraten jenes Zimmer.

Jud. (ernst). Sehen Sie, Faustina, das ist schon nicht wahr.

Faust. Wie?

Jud. Denn ich war gestern bei ihm.

Faust. (starr). Sie?

Jud. (unbefangen). Ja, ich. — Was ist denn da wieder Furchtbares daran?

Faust. (nimmt Madeleinens Taschentuch vom Tische und zeigt es Judith). Und das ist Ihr Tuch?

Jud. (sieht es an). Nein.

Faust. Wem gehört also dieses Tuch?

Jud. (schüchtern). Es war noch Jemand bei ihm.

Faust. Noch Jemand?

Jud. Ja.

Faust. Eine Frau?

Jud. Ich sollte es wohl nicht sagen —

Faust. (erregt). Sprechen Sie, ich beschwöre Sie — das kann ihn retten, ihn rechtfertigen. (Sie führt Judith zum Divan und setzt sich.)

Jud. (setzt sich auf den Schämel zu ihren Füßen, geheimnisvoll). So hören Sie denn. Wie ich Paul verlasse — es war doch spät am Abend — bin ich plötzlich in dem finstern Corridor. Es ist ganz dunkel, ich fürchte mich ein wenig und zögere. Da höre ich Schritte — mir klopft das Herz.

ich drücke mich an die Wand und bin hübsch still, ich athme nicht einmal. Es rauscht an mir vorüber. Ich denke, das sind Sie.

Faust. Ja.

Jud. Ich rühre mich nicht, da öffnet sich die Thüre, die zu Paul führt, und wie das Licht herausfällt, sehe ich —

Faust. Nun — mich —

Jud. Nein, eine Andere.

Faust. Wen? – Um Gotteswillen!

Jud. Madeleine!

Faust. Madeleine!

2. Scene.

Vorige. Madeleine (von links im Paletot, den Muff Faustina's in der Hand).

Faust. (auffahrend). Sie selbst — welch' ein Gedanke! (Sie steht auf).

(Begrüßung.)

Faust. (ladet Madeleine ein auf dem Divan neben ihr Platz zu nehmen).

Jud. (setzt sich zum Kamin).

Mad. Ich komme, Sie wegen der Scene um Vergebung zu bitten, zu welcher ich vorgestern in Ihrem Hause Anlaß gegeben habe. Ich versuche es nicht, mich zu rechtfertigen, aber ich bitte Sie, halten Sie mich für unglücklich, nicht für schlecht. Zugleich nehme ich Abschied von Ihnen. Ich scheide aus Ihrem Hause mit Wehmuth und Dankbarkeit für alle Güte, die Sie mir bewiesen haben.

Faust. Ich bedaure lebhaft, daß ich Sie verliere, aber ich sehe ein —

Mad. (sie unterbrechend). Sprechen wir nicht mehr davon. Es ist mir peinlich.

Faust. Was wollen Sie? Sie sind glücklich. Sie entschädigt unter allen Umständen Ihre Kunst. Die heutigen Zeitungen sprechen von nichts anderem als Ihrem letztem Triumphe im »Fidelio.«

Mad. Sie sind sehr gütig. (Sie erblickt das Bild auf der Staffelei.) Ah, das ist wohl etwas Neues, eine Ueberraschung für die nächste Ausstellung. (Sie steht auf, läßt ihren Muff auf dem Divan liegen und tritt vor die Staffelei.) Ihre Landschaften athmen doch alle eine eigenthümliche märchenhafte Poesie. (Sie betrachtet das Bild.)

Jud. (setzt sich zu Faustina auf den Schämel).

Faust. (nimmt den Muff, spielt mit demselben und spricht leise mit Judith).

Mad. (für sich). Sie ist so ruhig, sie hat offenbar noch nichts entdeckt. Wenn ich nur über das Schicksal der Papiere beruhigt wäre. Sie sind mir offenbar aus dem Muff gefallen. Aber wo? Wenn noch in seinem Zimmer, dann hat er sie entdeckt und meine Rache scheitert.

Faust. (sieht plötzlich den Muff an und lacht). Aber Sie haben ja meinen Muff?

Mad. Ihren Muff? (Sie kommt rasch zu Faustina und sieht ihn an.) In der That — der meine ist schwarz gefüttert.

Faust. Und dieser braun. Es ist der meine.

Mad. (verwirrt). Wir haben sie verwechselt — aber wo — und wie — mir ist es unbegreiflich.

Faust. (steht auf und holt Madeleinens Muff). Hier ist der Ihre.

(Stellung von links nach rechts. Jud. Mad. Faust.)

Mad. (greift hastig nach dem Muff).

Faust. Pardon! Ich muß nur sehen, ob ich nichts hinein gethan habe. (Sie greift in den Muff; betroffen, für sich.) Was ist das? (Sie geht nach rechts und bleibt vorne an der Rampe stehen.) Apropos! In meinem Hause ist ein großer Diebstahl begangen worden. Es fehlen 10 Banknoten zu 1000 Gulden in meiner Cassa.

Mad. (immer verwirrter). Ah, das ist furchtbar — und wer hat sie bestohlen?

4

Fauſt. Niemand hat das Zimmer betreten als ich und mein Secretär, Herr Paul Urban.

Mad. Und Niemand ſonſt?

Fauſt. (ſie fixirend, langſam). Niemand — als eine Dame, Madeleine, und dieſe Dame (energiſch) ſind Sie!

Mad. Frau Baronin — Sie glauben doch nicht —

Fauſt. (ſtrenge). Daß Sie mich beſtehlen wollten? Nein. Aber hier iſt Ihr Muff und hier ſind die Banknoten. (Sie ſchüttet ſie aus dem Muff auf den Boden vor Madeleinens Füße.)

Mad. (vernichtet). Mein Gott!

Fauſt. (mit ruhiger Hoheit). Und doch glaube ich nur, daß Sie Rache nehmen wollten — eine wahrhaft teufliſche Rache. Einen Mann, den Sie geliebt und den Sie verrathen haben, noch brandmarken für ſein Leben, um ſein Elend voll zu machen.

Jud. Abſcheulich!

Mad. (verhüllt ihr Geſicht). Ja denn, Fauſtina, ich that es, weil ich ihn liebe, und weil er mich von ſich geſtoßen hat, um einer Andern willen —

Fauſt. (erregt). Um einer Andern willen? Wieder eine Andere! Wer iſt dieſe Andere?

Mad. (lacht bitter). Sie fragen mich?

Fauſt. Bei Gott, ich weiß es nicht!

Jud. (winkt ihr hinter Madeleinens Rücken und ringt ironiſch die Hände).

Mad. Sie halten ja ſein Tagebuch in der Hand, ſeine verborgenſten Gefühle, ſeine geheimſten Gedanken.

Fauſt. (nimmt das Tagebuch aus dem Muff und gibt ihn dann Madeleine).

Mad. Ich wünſche Ihnen die beſte Unterhaltung damit. Und einen Rath gebe ich Ihnen. Wir Frauen ſind nicht dazu da, um zu lieben, ſondern um uns lieben zu laſſen. Der Mann wird uns nur dann anbeten, wenn wir den Fuß auf ſeinen Nacken ſetzen. Nochmals, die beſte Unterhaltung. (Sie verneigt ſich und geht links ab.)

3. Scene.

Vorige ohne Madeleine.

Jud. (ſieht ihr nach). Daß ein Weib ſo ſchlecht ſein kann. (Sie hebt die Banknoten raſch auf und legt ſie auf den Tiſch.)

Fauſt. (ſetzt ſich auf den Divan). Ich bin beſchämt. Ich wage es nicht ihm in die treuen, ehrlichen Augen zu blicken. Wie ſoll ich zu ihm ſprechen? Wird er mir vergeben? Er kann mir nur vergeben, wenn er mich liebt. Und liebt er mich? Kann er mich noch lieben? (Sie läßt das Tagebuch fallen und legt die Hände vor das Geſicht.)

Jud. (ſieht ſie an, hebt das Tagebuch auf, ſetzt ſich auf den Schämel zu Fauſtina und lieſt): »Ich habe mich heute der Baronin Löwenberg vorgeſtellt. Eine wahrhafte Löwin. Sie erklärt mir den Urſprung jedes Despotismus aus einer großen Natur, denn dieſes Weib hat von dem erſten Augenblick an Gewalt über mich gewonnen.«

Fauſt. (läßt langſam, während Judith lieſt, die Hände herabſinken und hört aufmerkſam zu). Sein Tagebuch?

Jud. Ja. (Lieſt.) »Ich war den Abend mit ihr allein.«

Fauſt. Mit wem?

Jud. (ärgerlich). Mit Ihnen — mit wem ſonſt? (Lieſt weiter.) »Die erſte Frau, die Vernunft hat, und ſich die Mühe nimmt Gründe für ihre Meinungen anzuführen. Ich weiß nicht mehr, ob ſie ſchön iſt, mir iſt ihr Bild ganz aufgegangen in ihren großen, wunderbaren Augen.« (Kleine Pauſe.) Soll ich noch weiter leſen?

Fauſt. Nein. (Sie nimmt das Tagebuch und blickt hinein; lieſt dann ſelbſt.) »Fauſtina! Die Glückliche hat man Dich getauft und in der Wiege ſchon zum Glücke geweiht, indeß mich die Hammerſchläge dieſer Welt oft und ſchwer

etroffen haben. Du mußt herrschen auch
ohne den königlichen Hermelin, weil sich
Dir ein Jeder aus freiem Willen unter-
wirft — denn wär' es möglich, Dich nicht
zu lieben? Dir will ich dienen, für Dich
leben, ich will Dich nicht gewinnen, um
ich niemals zu verlieren. Wenn Liebe
so ganz ohne Selbstsucht sein kann, ohne
Hoffnung, dann liebe ich Dich mehr als
Alles.« (Sie läßt das Tagebuch herabsinken,
faltet die Hände und blickt, leise weinend, zum
Himmel, dann steht sie auf, nimmt den Schlüssel vom Kamin und gibt ihn Judith.)

Jud. Na, endlich! Das hat lange ge-
braucht. (Sie schlägt die Augen zum Himmel
auf und geht langsam nach links ab.)

4. Scene.

Faustina (allein)

(bleibt, auf den Kamin gestützt, in Gedanken
stehen). (Kleine Pause.) Das habe ich gesucht. Ich wollte geliebt sein um meiner
selbst willen, ohne Selbstsucht, ohne Verlangen, ohne Hoffnung. (Sie versinkt wieder in Gedanken.)

5. Scene.

Faustina. Paul. Judith (von rechts).

Paul (bleibt an der Thür stehen).

Jud. (rasch zu Faustina, leise). Jetzt,
wenn Sie noch nicht wissen, daß das der
Löwe ist, der rechte Löwe, dann — müssen
sie zur Strafe den falschen (sie deutet mit
den Händen den Langohr an) aus der Fabel
bekommen, oder es gibt keine Gerechtig-
keit mehr auf Erden. (Im Abgehen, leise,
aber resolut zu Paul.) Jetzt reden Sie,
wenn Sie ein Mann sind. (Läuft links ab.)

6. Scene.

Faustina. Paul.

(Pause.)

Faust. (macht einen Schritt gegen Paul
und bleibt dann stehen, ohne ihn anzusehen).
Ich habe Ihnen Unrecht gethan — schwe-
res Unrecht.

Paul. Sprechen wir nicht davon.

Faust. Madeleine war bei Ihnen.
Warum haben Sie mir es verschwiegen?

Paul. Weil ich mußte.

Faust. Und so haben Sie Ihr Recht
und Unrecht dem Zufall preisgegeben.
(Lächelnd.) Ihre Ehre, mein Lebensglück
hing an den Haaren eines — Muffs. Es
ist zu lächerlich! Ein Zufall hat Madeleine verrathen. Sie haben ihre Liebe
verschmäht und sie hat aus Rache den
Raub begangen, um Sie zu brandmarken.

Paul. Mein Gott, ist so etwas möglich? (Er kommt nach vorne rechts.)

Faust. (zu dem Tisch tretend, noch im-
mer ohne Paul anzusehen). Hier sind die
Banknoten. Sie sind unschuldig. (Sie
kommt links vor.) Ich wußte es im ersten
Augenblick. Sie haben mich gezwungen
Ihnen Unrecht zu thun — Sie selbst. Ich
war hart, ich war ungerecht, ich war grau-
sam gegen Sie. Es schmerzt mich sehr.
Vergeben Sie mir, wenn Sie können.
(Sie wendet sich ab, schluchzt leise.)

Paul (warm). Sie haben mir weh gethan, unendlich weh — aber dieser Augenblick tilgt alle Bitterkeit aus meiner
Seele.

Faust. (ohne ihn anzusehen). Ich danke
Ihnen. Und nun, Paul —

Paul (bewegt). Nun, Frau Baronin,
erlauben Sie, daß ich Ihr Haus verlasse.

Faust. (wendet sich entsetzt zu ihm, sie
sieht ihm jetzt erst in das Auge). Paul!

Paul. Sie haben kein Vertrauen zu
mir —

Faust. Paul!

Paul (feſt). Kein volles, unerſchütterliches Vertrauen, wie ich es verlange. Ich kann Ihnen nicht länger dienen.

Fauſt. Davon iſt nicht die Rede.

Paul (kalt). Wovon denn?

Fauſt. (ſieht ihn an). Muß ich es Ihnen ſagen? Ja ich muß. Man nennt mich ein freies Weib — ſei's denn, ich nehme für mich die Freiheit in Anſpruch, zu ſagen, was ich auf dem Herzen habe, wie ein Mann. Hören Sie mich alſo.

Paul. Ich bin geſpannt.

Fauſt. Seit ich nur denke, ſtand wie ein lichter Stern ein Mann vor meiner Seele, zuerſt ein Ideal, mit allen Farben eines Mädchentraumes gemalt, dann mit dem Eiſengriffel ernſter Wirklichkeit feſt und ſicher von der Hand der Frau gezeichnet. Es war ein Mann mit einem ſtarken Willen, einer muthigen Seele, den weder die Verderbniß der Geſellſchaft, noch die Hochflut einer Zeit erſchrecken kann, der die Räthſel des Daſeins zu löſen wagt durch Ernſt, Liebe, Arbeit! Es war ein Mann mit einem großen, guten Herzen, das für die ganze Menſchheit ſchlägt wie für den letzten ſeiner Brüder; ein Mann, der Treue halten kann ſeiner Ueberzeugung, ſeinem Weibe. — Es war ein Mann mit einem Geiſte, deſſen Freiheit nichts beſchränkt, der ſich nur der Wahrheit beugt — und dieſer Mann, den ich erſehnt, erbeten habe, dem m[..] ges Sein entgegenjauchzt — Du b[..] Du!

Paul (bitter). Und doch hab[..] mir gezweifelt!

Fauſt. Nein, Paul, es war n[..] ſel (verſchämt zu Boden blickend), Eiferſucht.

Paul. Mein Gott!

Fauſt. Es war das Tuch — nur Ich ſah mich getäuſcht in meiner Lie[..] (Mit Enthuſiasmus.) Denn mein Vertrau[en] zu Dir iſt ſo grenzenlos, daß ich Dir All[es] anvertrauen will, was nur mein iſt, me[in] Haus, mein Leben, meine Ehre, und mi[ch] ſelbſt!

Paul (außer ſich). Mir — mir?

Fauſt. Dir — denn ich liebe Dich, nur Dich!

Paul. Fauſtina! (Er breitet die Ar[me] aus — ſie an ſich ſchließend.) Nun, ſo ſo[..] Dir ſagen, wunderbare Frau, daß ich D[ich] liebe mit aller Kraft des Herzens, di[e] mir aufgeſpart in Leiden und Entſa[gen] und daß ich Dein war vom erſten A[ugen]blick und Dein ſein werde bis zum le[tzten]!

Fauſt. Und ſo gehör' ich Dir — Dein Weib.

Paul. Dein Sclave!

Fauſt. Nein, nein, Du nicht, Du mein Herr ſein!

(Der Vorhang fällt.)

Ende.

Druck und Papier von Leopold Sommer & Comp. in Wien